生活万岁

天国の一步前

[日]土桥章宏 著
范唯 译

江苏凤凰文艺出版社
JIANGSU PHOENIX LITERATURE AND ART PUBLISHING, LTD

图书在版编目（CIP）数据

生活万岁 /（日）土桥章宏著；范唯译. —南京：江苏凤凰文艺出版社，2020.1

ISBN 978-7-5594-4232-1

Ⅰ.①生… Ⅱ.①土… ②范… Ⅲ.①长篇小说—日本—现代 Ⅳ.①I313.45

中国版本图书馆CIP数据核字（2019）第264688号

江苏省版权局著作权合同登记：图字10-2019-620号

书　　名　生活万岁

著　　者　［日］土桥章宏
译　　者　范　唯
责任编辑　孙金荣
策划编辑　杨　帅
出版统筹　孙小野
责任校对　张婉宜
版权支持　王新博　张晓阳
封面设计　金牘文化·车球
出版发行　江苏凤凰文艺出版社
出版社地址　南京市中央路165号，邮编：210009
出版社网址　http://www.jswenyi.com
印　　刷　三河市金元印装有限公司
开　　本　880毫米×1230毫米　1/32
印　　张　7.5
字　　数　121千字
版　　次　2020年1月第1版　2020年1月第1次印刷
标准书号　ISBN 978-7-5594-4232-1
定　　价　42.00元

（江苏凤凰文艺版图书凡印刷、装订错误可随时向承印厂调换）

楔子

PREFACE

“现在开庭。全体起立！”

这年深秋，十一月的一天下午，东京地方法院即将对一桩杀人未遂案进行结案公审。

不过，这并不仅是一桩杀人未遂案，同时还是一桩殴打案，失去自理能力的祖母被孙女殴打，而被告人也已经承认了所有的指控。

由于被告人是一名女演员，出演过一些电视节目，因此旁听人员是以抽签的形式选出的。前来采访的媒体甚至雇人抽签，以确保能够中签出席庭审。

第一一四号法庭被挤得密不透风，有人摇起了扇子。

“被告人请上前。”

被告人若村未来面无表情地点了点头，站在了作证席前。

此时浮现在未来脑海中的，是小学三年级的春天和祖母一起去往花田的情景。

那天，她们在乡下的无人车站下了电车，步行一段距离后，一大片淡紫色的花如地毯般出现在眼前。那应该是紫云英吧。菜粉蝶在身边飞舞着，两人做了花环戴在头上，开心地在花丛中漫步。

然而。

在未来的心里，这一切都已不复存在。

此刻，她像旁观者一样，只是在等待一场审判。

检方求刑五年。今天即将宣判。无论判决结果如何，未来都不准备上诉。

“下面宣告判决。被告人，你最后还有什么要陈述的吗？”

并排站立的三名法官中，位于正中戴着眼镜较为年长的审判长问道。那是一副和善的、令人信赖的面容。

“我没有什么要……”

话音未落，法庭中响起了一个声音：“我有话要说！事情不是这样的！”

未来转头望向旁听席。

那是未来曾以为永远也不会再见到的一个人。

01

CHAPTER

“你知道你已经二十一岁了吧。在这个圈子里你就算是阿姨了吧？”

未来觉得自己的名字有些讽刺。在一个家徒四壁、完全看不到未来的家庭里，给孩子起这样一个名字，可能只是父母一个虚幻的愿望吧。美好的未来只有依靠往日的幸运或者眼下的耕耘才能得到，而未来的父母完全没有为此努力过。

未来是独生女，从出生到六岁前，她都是在托儿所里度过的。未来隐约记得那里比家里宽敞许多。但母亲总是很晚才来接她，有时甚至会把她忘了。每当这时，未来一个人待在偌大的空间里，孤独的感觉更加强烈。保育员看上去也想早点回家，频频向未来这边看过来。

总是会想起这些事啊，这是为什么呢？

“未来，轮到你了！”门开了，经纪人大久保探进头来，用与他那矮胖身材不太相符的洪亮声音说道。

“好的。”未来一边回答一边望向镜子里的自己。

二十一岁。已经不是孩子了。因为紧张的缘故，未来的脸颊微微泛红，心跳也比平时更快。试镜马上就要开始了。

“我是若村未来。请多多关照。”她试着发出声音，以便缓解紧张的情绪。尽力张了张嘴巴，想让自己的话语更流利。又像是给自己鼓劲似的拍了拍脸，脸上慢慢地红了起来。

走出休息室，脚步声在清冷的走廊里响起，她来到了试镜室的房间门口。

门的那一头连接着一个光芒万丈的世界。到达那里之前，要先走过不可预料的崎岖小路。亮相之前的那条通道似乎长得望不到头。

“但还是要往前走。我一定要拼尽全力试一试。”

未来打开门，深吸一口气，站在了制片人和导演面前。

“是若村未来小姐，对吧？”

“是的。请您多多关照。”未来俯下身来，深深地鞠了一躬。

制片人与导演翻开那份薄薄的资料。那上面是未来为了现在这一刻所花费的所有心血。其中有一张堪称奇迹的艺术写真，是请艺能制作公司 RAPURASU 的知名摄影师拍摄的，照片中的未来似乎在凝视着深爱之人，脸上洋溢着明媚的笑容，洁白的肌肤似乎从来没有被太阳晒过，栗色的头发一到雨天便微微卷起，右眼下方并排的两颗痣更为她增添了几分魅力；实际一米五八的身高，她填写了一米六；少得可怜的电视剧演出经验（大部分是临时演员）也略有夸大。特长写的是跳舞和唱歌，其实仅仅是高中时和同学每天唱卡拉 OK 练出来的水平。只有最关键的表演能力，是认真上课学习过的，对此她抱有强烈的自信。

“总有一天我会变得更加强大。”未来在心里笃定地说道。

过去上学习班时有一位特别有名的电影导演曾经说过：“真正的演技应该是在拍摄现场学习的，只有肩上有了压力，才能扮演好那个人物。”未来曾在高中时作为话剧主演在全国巡回演出过。

首先要抓住机会。其次是台词，能多说一句也好。

“下面开始彩排。剧本拿在手里就可以，先试一下。”

“好的。”未来大声回答道，同时看到了身穿牛郎[1]风格服装的男演员竹本。他已经确定了角色，今天是来为试镜的女演员对戏的。

分配给未来的角色是一个颇有心计的坏女人。未来过去曾见过一些女孩子惯于抢走朋友的男朋友，她心想大概就是这一类女人吧。未来并不喜欢这个角色，但也别无选择。

彩排开始了。

“怎么样，你来这儿不就是要做这个吗？”按照剧本，竹本将手搭在未来肩上，接着向未来的胸部伸过来。

未来并未抗拒，只是习以为常般地将那只手拨开。

“我可不喜欢流氓。”未来淡淡地微笑。

“我和你认识的那些流氓可不一样。”

“流氓都是一样的。只不过有些流氓的目的很明显，有些不明显罢了。”未来点燃香烟。

“OK！”导演面露微笑。

烟吸进肺里，未来觉得有点呛。

---

[1]牛郎，在歌舞伎街、酒吧等地工作的男公关。（文中所有注释均为译者所注）

“就是要这样的感觉。没问题吧？”

“没问题。”未来恢复常态，回答道。

看来今天状态不错。

“竹本君，未来小姐的胸很大，小心别摸到啊。”

“知道了。”竹本害羞地笑道。

被提到胸部，未来略感不安。先前总是被人说“胸部很大”，未来有些羞怯，还有些生气。难道她除了这一点就没有别的可取之处了吗？然而在通过几次严格的试镜选拔之后，她才意识到，这是她的武器。作为无足轻重的临时演员，哪怕多有一处特点也是好的。未来想给制作人留下一些印象，也想让观众在看到电视里的自己时能够觉得“啊，这个人我见过”。

“开始！”

未来以一个妖娆的身姿站在了镜头前面。

“怎么样，你来这儿不就是要做这个吗？”

“我可不喜欢……”话音未落，竹本的手早已伸了过来，用力地抓住了未来的胸。未来感觉到内衣的肩带都被扯歪了。

“你干什么！”未来双手抱胸。

“停！”导演高声道，“喂喂，坏女人是这个样子吗？”

“但是刚才演的和剧本里不一样啊。”未来感觉很委屈。

“你就只能照着剧本按部就班地表演吗？”导演目光严厉地盯着未来。

“啊……”未来反应过来。

“你并没有进入角色。这个女人为了钱，是怎么样都可以的。”

糟糕！原来是个圈套。一定是突然之间改变原计划以考验演员的临场应变能力。

导演点了点头，似乎在回应未来心中的哀号。

“对不起！再来一次吧……请让我再来一次！”事到如今，即使同意被摸胸都不会有机会了。未来开始埋怨思想单纯的自己。

“我不喜欢重来。”导演轻描淡写地翻着资料，跷起二郎腿，开始翻看下一名女演员的资料。未来费尽心思制作的简历瞬间化为废纸。

“好，下一位。”制作人大声喊道。

“到！”进来的是未来所在事务所的后辈山下明子。她迈着欢快的步子走了过来。十九岁的她刚刚高中毕业，浑身散发着耀眼的光芒。

“咦，未来前辈。您还在这里啊？”敬语有些刺耳。她明知未来此刻的窘境，却故意这样说。

如今这个世界，容貌艳丽的女孩子总是不露声色地贬低、攻击别人。弱者将慢慢地被淘汰。

“衣领卷起来了哟！”明子说话时面带笑容。

“啊？嗯，是特意弄成这样的。”

“抱歉，没卷，是我看错了。”明子说完就走进了房间。连独自悲伤的时间都这样被她夺走了，未来不由得心里生气。

“喔，怎么样？”刚走出房间，大久保就过来问道。

未来懒得开口，沉默地摇了摇头。

“喂，你知道你已经二十一岁了吧。在这个圈子里你就算是阿姨了吧？”大久保毫不掩饰地露出了阴沉的表情。

这些话即使他不说，未来心里也明白。十几岁时候的经历是非常重要的。无论从事何种工作，在十几岁时就已寻找到适合自己的理想并认真努力的人，才有机会脱颖而出。何况即使有个好的开头，能够生存下去的也是凤毛麟角。

“算了，下次加油吧。”

未来对大久保随口说出的话点了点头。或许从失败中也能学习到什么吧。那么今天学到了什么呢？是完全进入角色有多难吗?

“对了，未来，你的学费还没交。”大久保一边看着手机里的表格一边说道。

“对不起，月底我一定交。”想起存折上的余额，未来有些无精打采。只剩几千日元了。

“之前提过的打工的事情,你去吗? ”大久保露出狡猾的神色，微笑着说道。

“不，不用了。辛苦您了！”未来鞠了一躬便离开了会场。

天色已晚。一出门，随风扬起的花粉钻进鼻子里，鼻子有些发痒。

未来掏出手机，拨了一个熟悉的号码。

屏幕上显示的名字是“藤井透”。

但是电话那边却传来“您拨打的电话已关机……”也许他正在工作吧。

未来轻轻叹息一声，挂断了电话。

未来的住所距离阿佐谷站步行大约十分钟左右。房屋外墙经过翻修，看上去焕然一新，但房间设施老旧，面积十分狭小，只有一间卧室。

未来慢慢地沿着铁制楼梯上楼时，发现自己的房间隐约透出灯光。

“是阿透？”

未来在一瞬间感觉到心里有了依靠。阿透会听我发发牢骚吧。把这些不开心的事情跟他说说，还可以跟他撒撒娇。阿透一定会温柔地抱一抱我的。

未来屏住呼吸快步跑到门口，推开了房门。

“我回来了，阿透！”

然而眼前看到的是摆在水泥地面上的一双陌生女鞋。

“咦，是谁？！”

是抢劫犯吗？但看上去应该是个女的。难道是男扮女装的抢劫犯？有可能，东京的确有很多变态。

未来手握报警器，向昏暗的厨房摸索过去。

正当她在厨房门口探头张望时，忽然有人从旁边拍了一下她的肩膀。

“谁！”

她一下子转过身，却看到一张十分熟悉的脸。只不过，她记忆里的那个人脸上没有皱纹，面庞更饱满一些。

“奶奶？”

的确是未来的祖母，若村妙子。她们已经有十多年没有见过面了。

“怎么回事？你怎么会在这里？”

“吓了一跳吧？”妙子微笑着说道。

她穿着用料考究的套装，后背还是像以前一样挺得笔直。

不过祖母的个子原来是这么矮吗？还是自己长高了？最后一次见到祖母时未来还在上小学，算起来，祖母已经七十五岁都不止了。

“你是怎么进来的？应该告诉我一声啊。”未来一边摸着衣兜里的钥匙，一边问道。

“长大了也还是把备用钥匙放在花盆下面啊。”妙子微微笑着，把手里的钥匙放在了橱柜上面。

“那也不能随便进别人家里啊。”未来返回门口，将脱下来的鞋摆好。

自己的廉价帆布鞋和奶奶的鞋挨着放在一起，未来心里似乎感到了一丝自卑。

“你来这里有事吗？特意从福冈那么远过来。”未来嘟囔道。

“就是想看看我孙女啊。你不高兴？”

“什么啊，现在说这些话……”未来高兴不起来。

祖母和父母之间是有些芥蒂的。祖母继承了祖父的遗产，经济上十分宽裕，然而在父亲的工厂难以为继时，据说祖母一分钱都没有支援过他。

未来小时候，父亲工厂的工作十分忙碌，祖母曾经代为照管年幼的未来。但是即便如此，母亲对祖母依然怀恨在心。原本未来对照顾自己的祖母并不厌恶，不过上小学时，有一次未来哀求母亲给她买一个班级里十分流行的小型游戏机时，母亲愤愤不平地对她骂道：“游戏机也买不起，上学也上不起，这全都是你奶奶干的好事！”自那之后，未来就没有再去过祖母那里，祖母也没再来过。

十年后的今天，祖母重新出现在眼前。她到底是来干什么的？

“那个，来东京参加个同学聚会，就顺便来看看你。”妙子像是听到了未来心中的疑问。

“顺便来看我！我是聚会的赠品吗？”未来气鼓鼓地走进房间，却在进门的一瞬间呆住了。

“怎么回事？”屋里被彻底整理过了。衣物整齐地摆放在一起，地板重见天日。啊，家里的木地板原来是有花纹的呀！

但是有一样重要的东西没看到在哪里。是下次试镜用的台词本。未来看了看桌上，书和纸都按照尺寸分类归整好了。

“不……不要随便整理我的东西啊。”

“一个人生活，也得好好打扫吧。”妙子一本正经地说道。

“看着乱，但是我心里都有数的。”未来把那一摞纸散开来，找到台词本，重新把它放在桌上。

“这就行了。”

“都这个年龄了还这么邋遢，小心没人娶。”

“这种想法早落伍了。结婚有什么好,除了费钱没什么好处。”未来咚地一下坐在床上。

“咦，有一双男袜。”妙子望着床下说道。

“啊？！”未来慌忙起身，向床底下看去，发现什么也没有。

“看来有男朋友啊。”妙子脸上露出狡黠的笑容。

“你骗我！”未来有些气急败坏地说道。

“消消气，来喝点茶吧。”妙子脚步轻快地走向厨房。

“我这里没有什么茶……欸？”

未来看着祖母将刚开封的茶叶放在茶壶里，又将电热水壶里的水倒进茶壶。

“什么时候……”

“请用茶。”妙子用托盘将茶端了过来。小碟子里还盛着切得薄薄的栗羊羹[1]。

“啊，谢谢。”未来下意识地道了谢，看向茶碗，发现茶水里有立着的茶叶梗[2]。一切都恰到好处。

未来用牙签扎起一块栗羊羹。

“栗羊羹，昭和时代的味道呀。”

“什么时候能上电视呢，未来？你离开福冈的时候说是要当演员的，对吧？”妙子坐在桌前的椅子上问道。

“好烦，已经上电视了呀，就是比较少而已……”

“噢？是什么角色？让我看看视频。优兔[3]上有吗？”

“还知道优兔……奶奶你懂得很多啊！”未来惊讶道。

七十多岁的人了，对网络文化这么熟悉，令人意外。与祖母同龄的老人，实际上几乎连老年手机都用不好。

---

[1]栗羊羹，一种以栗子为原材料制作而成的传统日式点心。

[2]日本文化中，泡好的茶里有茶叶梗立起来，便会有幸福的事情发生。

[3]视频网站 YouTube 的通俗说法。

“以前我对流行事物一直很敏锐的。上女校的时候，我走在路上，大家都说‘那位美女就是无所不知的流行通’呢。”妙子得意地说道。

“是吗？有点夸张了吧？”

“别转移话题了，快让我看看你演过什么角色。”

“不要了吧，多难为情啊……”未来有点儿不耐烦。

“我知道了，不会是演死尸吧？”

“才不是！”未来不假思索地反驳道。

“被我猜中了吧。好可怜呢。”

“谁要你同情！你快回去吧！”未来站起来，手指着门的方向。

她一直认为，即便演死尸，对于一部剧来说也是很重要的。不过被祖母这么一说，顿时感觉自己十分凄惨。

“好吧好吧。打扰你了。”妙子轻声说道。

站起来时，妙子直直地盯着未来看了会儿说道：“好好加油吧，未来。”便走到玄关去穿鞋。

“等……等一下。真的要走了……”

未来还没说完，妙子早已走了出去，还顺手关上了门。

十年未见，分别却是这样无情。果然是祖母的作风啊，对儿子儿媳都能说不管就不管，何况是孙女呢。

未来叹了口气拿起桌上的栗羊羹，放进嘴里。

在羊羹的衬托下，茶的香味更浓了。未来端起茶一饮而尽，把茶壶放进洗碗槽里。洗碗槽的底部被擦得闪闪发亮，放下茶壶时甚至有些不忍心弄脏它。

难道祖母在这间房里待了很长时间吗？

“不管怎样，这会儿也已经很晚了……”未来心想，至少应该送她到车站吧。

就在这时，外面传来了哐当一声声响，似乎有什么东西掉在了地上。

“咦？”未来走出玄关，打开门探看外面的情形。

“奶奶！”

未来慌忙冲下楼梯。妙子倒在那里，额头上流着血。

"这就是人们常说的'有毒父母'吧。"

医院昏暗的走廊尽头亮着一盏十分显眼的红色指示灯，上面写着“手术中”。

经常在电视剧中看到的场景,此刻真实地发生在自己身上了。早知道手术需要这么长时间的话，就应该把台词本带过来。

未来脑中一片空白，不知道接下来该怎么办。方才给老家打了电话，但没人接。未来知道父亲要在工厂工作到很晚，不过出了这样的事情，还是希望能早些和他们通上话。

一想到祖母有可能在自己眼前死去，未来心里还是止不住有些怕。她想起了小时候初见祖母时，她年纪尚轻的模样。

未来掏出手机，想给家里再拨一个电话。

就在这时，亮了很久的手术灯灭了。手术室的门打开，医生走了出来，脸上的表情略显焦虑。

未来看到手术室里躺在手术台上的祖母，浑身上下只有脚稍稍露在外面。

“是脑出血，需要马上手术止血，你能签手术同意书吧？”医生看到未来便开口说道。

“啊？我签吗？”祖母的生命安危现在全系于自己身上了。

未来的手心里开始冒汗。

“您是病人家属吧？”医生的语气像是在催促。

“我是，但是我父母不在……”

“那就尽快联系他们，越快越好。”

“我刚才一直在给他们打电话……”未来拿起手机重新拨号，手心里满是汗，几次将号码拨错。最后终于拨通了，只是依旧没有人接。

“快接啊！人都干吗去了！”

这么危险的手术，如果失败了，父母说不定会责怪我。我该怎么办？未来思绪混乱。

这时，护士从手术室里快步走了过来。

“病人还在出血，没时间了。”

医生看向未来。

“我不能签字！”未来急得快哭了。

“一直出血的话病人有可能很快死亡。”

“但是……”慌乱之中，未来脑子里忽然冒出一句话：“与其不做而后悔，不如做了再后悔。”

或许这句话也可以用在面临生命的选择时。未来不确信，但是眼下没有时间细想了。

“请您做手术吧！”

“准备插管。”医生立即对护士说道。两人一起向手术室奔去。

这下，未来必须自己一个人担起责任了。

三个小时过去，红色的手术灯灭了，病床从手术室里推了出来。

“医生，我祖母怎么样了？”未来焦急地问道。

“出血止住了。后续还要观察，不过暂时应该稳定了。”医生一边说着，一边抬手擦去额角的汗，语气中透着疲惫。

“太好了……”未来腿脚发软，在走廊里坐了下来。或许是因为精神上放松了，肚子忽然咕咕响了起来，她才想起自己还没吃晚饭。

恰在此时，手机响了起来，似乎也是在等着手术结束一样。一定是家里打来的。未来有些不快地接起电话。

“你想怎么样都行，反正没人能去照顾她。你是想让我们家的工厂倒闭吗？”母亲的责备从电话那头传过来。

未来讨厌这种语气。不过，一直以来母亲的情绪也没好过。

“刚才差一点儿人就没了呀，现在还在重症监护室呢。”未来嗔怪道。

“不是没死吗？”

“虽然没死，但医生说很危险。怎么说都是家里人吧，你们一点儿都不担心吗？”

“她是去看你的时候病倒的吧。谁让她乱跑的，这会儿又进了医院……还不如痛快点儿死掉好了。”

“这样说有点过分了吧。”未来感到惊讶。

母亲和祖母关系恶劣，也许婆婆和媳妇之间都是这样吧。只不过，在面临生死问题时，依然会表现得如此冷漠吗？

“就是说爸爸也不能来吗？”未来坚持道。

“去不了去不了。穷人没有假期。”

“那可是他的妈妈啊！”

“我会告诉他一声的。”

“……”

父亲应该是不会来的。对他来说，这是一个拒绝帮助自己的母亲。他一定在心里怨恨着她。

未来心想，为什么自己总是卷入长辈们的纠纷里呢。从记事起总是因为母亲和祖母之间的不和而烦恼。做父母的如果什么都帮不了孩子，至少也不应该给孩子增加负担。所以未来高中一毕业就离开了家。

即便如此，家人还是如影随形。就像锅底的黑灰一样，总也擦不下去。

“忙完这一阵再去吧。工厂淡季之前你先帮忙照顾一下，交给你了。”电话瞬间挂断了。

“等等……”未来一肚子怒气，正想将电话再回拨过去时，电话又响了。

“怎么随便就把电话挂了啊！我也很忙啊！”未来责怪道。

“若村？”电话那头的话语声中带着疑问。

“啊，店长！”未来重新看了一眼手机屏幕，是打工的那家便利店的店长。

“你现在在哪儿？如果迟到了，店里会很麻烦呀。”

“对不起！”

已是夜里十二点。平时这个时候，未来已经在店里了。

“你不过来的话，上一班的人没法下班呢。”

“我马上过去！”未来连忙答道。

未来将自己的手机号码留给护士站，又给祖母租来衣服和日用品，便快步离开了医院。眼前已经浮现出便利店同事等得不耐烦的表情。

打工的地方是在阿佐谷附近的一家便利店。未来打了一辆车飞奔至便利店，先向店长道了歉，又给同事深深地鞠了一躬。交了打车费，一半的日薪眼睁睁地没了，未来心里有种说不出的懊恼。

值班时间从夜里十二点到早上八点。有零星的客人来店里买东西结账。等末班车的人流过去后，店里迎来一阵短暂的寂静。

“未来，过期废弃的东西清理出来啦。”中国留学生小张爽朗地说道。

“谢谢。”

“帮我把咖喱饭留出来哦。”小张说道。

未来轻轻抬手向小张挥了挥，转身向后院走去。

便利店的兼职员工有一半是外国人，换班时间里，这些店员都用母语互相交流。

刚来这里时，未来并不太愿意和一个男性店员一起值夜班。不过后来她发现，夜里出来打工的人大多是没有正式工作的，晚班的时薪更高，白天又要忙着学习、考试，或者练习乐器，都有些睡眠不足，夜里上班也就没什么不正常的情况出现，况且店里上货、陈列、质检、处理垃圾等都有固定的时间，工作起来很忙，未来也就不觉得有什么了。不过，即便如此，她还是撒了个谎，假装不经意间对同事们提起“我男朋友是空手道黑带”。

未来一边扫视着货架上乳制品的生产日期，一边走进冷藏室。这里的罐装和瓶装饮料是从最里面开始补货的，这样做能使放在最前面的饮料保持最佳的冷藏状态。即便在夏天，冷藏室的温度也不到 20℃，似乎形成了一个与现实生活隔离开来的空间，未来一进来，心里就感到多少放松了些。

冷藏室的角落里有个袋子，里面放着过期废弃的便当。一般的便利店会把废弃物直接扔掉，不过这家店的店长允许兼职员工将少量废弃物带走。

未来看了看袋子里的东西，把小张想要的咖喱饭留下，自己把蔬菜意面和水果拿了出来。这份工作的好处是不用发愁吃的。

未来分好便当，就在放牛奶盒的箱子上坐下来休息。

祖母的事情该怎么办呢？

未来的心情顿时沉重起来。家里人一直在刻意疏远祖母，照顾她是绝不可能的。只是，如果爸妈都不来的话，也不能就这样置之不理吧。可自己还得去事务所上课，晚上要打工，还要和男朋友交往，明明自己的事情也多得喘不过气来。

说起来，追逐梦想这件事听上去是很伟大，但如果家境一般的话，一开始的日子真的非常艰难。每个月能存下来的钱，还不及出生在富裕家庭里的小学生的零花钱多。

不过，应该不会每天都需要去探望祖母的，医院应该会尽力照顾病人吧。

未来从货架上的瓶子的缝隙中看到了小张。她伸出手指，指向他说："十二点之前必须解决这桩残暴的案件。至于凶手嘛……抱歉了，就是你。"

这是下次要去试镜的《被囚禁的灰姑娘》中的一句台词。拥有侦探身份的灰姑娘，是未来最想扮演的角色。

“好冷。”未来拿起便当走出冷藏室。

想当演员，首先得保护好自己的嗓子，但出了冷藏室也还是被冷气紧紧地包裹着，未来不禁抱起胳膊。

未来再去医院探望妙子，是三天后的那个周末。

妙子已经从重症监护室转入普通病房。

在二楼的一间四人病房里，靠近窗户一侧的一张病床上，妙子坐在那里，眼睛直勾勾地盯着自己的左手。

“啊，能坐起来了。”未来松了一口气。

这几天晚上的梦境依然历历在目。梦里的祖母失去了意识，眼睛一直闭着，怎么也叫不醒。

“是未来啊。你来这儿做什么？”

“啊？来这儿当然是看你啊。”未来不解地看向妙子。

未来拽过病床旁边的圆凳坐了下来。

“来别人家里，还突然晕倒了。把我吓坏了。”

“上了年纪真是让人烦恼呀！”妙子半开玩笑似的说道。

“我叫了救护车把你送来医院的，真的很危险。给你这个，拿着。”未来从袋子里拿出便利店的杯装水果，放在病床上的移动小桌上，又将塑料小勺放在杯子上。

妙子面露难色。

“不喜欢吃桃子吗？”未来问道。

“再放这边一点。”

“这边？”未来握住水果杯往里推了推，妙子终于伸出右手端了起来。

“我等一会儿再吃。”妙子把水果杯放在旁边的柜子上。

“手术做得这么顺利真是谢天谢地啊。如果因为来看我而病倒又没有救过来的话,我一辈子都会有心理阴影的。”未来感叹道。

“对老人那样冷漠，是不是有点儿于心不忍了？”

“是你突然跑来我这里才不对吧。至少应该打个电话呀！”未来有些气恼。

如果手术失败了，那么签下手术同意书的自己说不定也会受到心理伤害。

未来重新打量起病房里的情形，就在这时，一位模样有四十多岁的护士走了进来。

“哟,您孙女来了呀！真好。”护士脸上带着亲切的笑容说道。

“是个不太有出息的孙女呢……”

“您都不了解我，瞎说什么啊。”未来强忍怒气说道。

“看一眼就知道了。”

“哪里没出息啦！”

“好了好了，妙子女士。手术的时候，您孙女一直在手术室外面守着呢。”护士笑着劝道。

“没错。那么久的手术。”未来使劲儿地点头。

“做手术的是医生吧。而且手术做完一直也见不到人影。”妙子埋怨道。

“那……那是因为我也很忙啊。一个女孩子孤身一人在东京生活是很艰难的，算是低收入群体的一员。”

“这条路是你自己选的吧，这么轻易就认输了。要知道不行，当初就不应该来这里。上次看你回到家里的时候，也是一副不想活了的表情。”

“但是生病倒下的是你吧。”未来不禁反唇相讥。

妙子听到后便没再说话。

是不是说得太过分了？对方毕竟是病人。

妙子垂下头，肩膀微微有些颤抖。

“我们年轻的时候啊，对祖辈可是非常尊重的。听听祖父讲他年轻时候的光辉事迹，耐心地跟着祖母学习生活智慧。现在呢？

孙辈们就是这样虐待、欺负老人的呀……”妙子的喉咙里传来呜咽声。

“对……对不起，我刚才说得过分了，是我不对……”未来慌忙安慰道。

妙子却抬起头，脸上露出了笑容。

“哈哈哈！这就对了，就应该谦虚点儿嘛。”

“啊，骗我！”未来满脸通红。

“我是在给你做示范，教你应该怎样对待长辈，这下学会了吧？”

“我可是特意来看你的！”未来咬住嘴唇。

“祖孙俩关系真好啊。好啦，该吃饭啦。”护士朗声笑道。

随即将餐盘放在妙子面前的小桌上。

妙子用右手拿起汤勺，把勺里的流食送到嘴里。不料食物从嘴边一点儿一点儿流了出来。

“咦，怎么回事，奶奶？”未来有些吃惊。

妙子看上去很健康，但吃饭的样子却有些不对劲。

“你又在逗我吗？”

妙子却像是完全没听到未来说什么，又拿起勺子。

“哎呀，医生还没跟您孙女说吧？”护士问道。

“啊，说什么？”未来一头雾水。

祖母病倒以后，未来今天是第一次来看她。家人也还在福冈，应该还没有人向医生问起祖母的病情。

“那您先去医生那里吧。我跟医生说一下。”

“好……”

难道病得很重吗？祖母是十分注重行为举止的，还从没看到过她吃东西时食物从嘴巴里掉出来。

坐着电梯去往医生办公室的一路上，未来的脑子里不断冒出不好的预感。祖母到底怎么了？

“因为脑出血，若村妙子女士的左半身现在处于瘫痪状态。”给妙子做手术的中年医生平静地说道。就好像在说地球自转一周正好是24个小时一样，是一件自然而然的事情。

“瘫痪？您是说……身体不能动了吗？”

“这次脑出血是右脑出血，人体右脑受损的话，会导致左半身瘫痪。”

“那还能治好吗？”未来惊恐地问道。

“瘫痪的恢复过程是因人而异的，要看年龄、受损部位、意识是否清醒等等。如果半年以后瘫痪状态没有好转，那就很难完全康复了。”

“这么……严重啊。”

未来脑子里又浮现出精明利落的祖母嘴角挂着食物的样子。不会一直就这样了吧？

“一般来说，发病后的两三个月是瘫痪肢体恢复的高峰期。尽快开始进行适度的康复训练，对于瘫痪肢体的恢复应该会有帮助……”医生继续说道。

“那就请您尽快开始康复训练吧！”

“很遗憾我们医院是没办法进行高强度的康复训练的。正式的康复训练需要在出院以后开始。”

“啊？身体还不能动就让出院，这是怎么回事？”

“医学上的治疗已经结束了。妙子女士目前没有办法自主进食，所以需要护理。”

“护理？”只在电视上看到过的事情，现在切切实实地发生在自己身边了。未来感到心里一紧。

“你们可以在家里护理吗？包括上厕所和洗澡。”

“不……不行！不是，我一个人决定不了，得等我父母来。”

未来彻底慌了。

“他们什么时候能来？”医生的话语中夹杂着一丝责备。

“这个，我也说不好……”

“不好意思，床位有些紧张，医院也不允许病情已经得到控制的病人长期占着床位。”

“我去给家里打个电话。”未来飞快地跑出办公室，来到休息室给母亲打电话。

但是电话拨通后刚响了一声，马上就被挂断了。

“不接电话？”未来失望至极，像泄了气的皮球一样浑身瘫软无力。这时，耳边传来一阵脚步声。

医生跟在后面追了过来。

“若村小姐，如果你需要的话，可以去找我们医院的社会福利调查员。”

“社会福利调查员？”都是一些从没听过的词，未来觉得脑子有些转不动了。

按着医生的指引，未来来到了四层的一间小会议室里。和社会福利调查员面对面坐下时，落日的余晖已经洒在地板上。还得赶去上课，时间不多了。

“我叫山下。”

社会福利调查员是一位四十岁左右的女性，名片上职务的下方写着她的名字，山下明美。她应该是为需要护理的病人或家属提供咨询服务的医院工作人员。

未来本想给她一张自己的名片，但有些犹豫。她身上带着事务所为她们制作的名片，但名片上面印着的照片上未来的笑容十分灿烂,而眼下这个场合,有些不合适吧。她最后还是没有拿出来。

“您好，我是若村妙子的孙女。那个，我没有办法在家护理我祖母，该怎么办才好呢？”

“我们来一起想想办法……您先跟我说一下若村妙子女士的家庭构成吧。”山下微笑着说道。

虽然她的笑容有些职业化，但与刚才那位医生比起来给人感觉和蔼可亲得多了。

“若村妙子的家人包括我的父亲、母亲，也就是她的儿子和儿媳。我祖父很早就去世了。”

未来听父亲说过，祖父在父亲还上幼儿园的时候就去世了，祖母是一个人将父亲这个独生子抚养长大的。然而父亲结婚后和祖母之间关系恶化，祖母也搬了出去。未来出生的时候，祖母已经不住在家里了。

“这样啊。那么有人和妙子女士住在一起吗？”山下问道。

“祖母一个人在福冈生活。我父亲和我母亲也住在福冈，但是家里工作很忙，很难照顾祖母……”

“就是说，只有您一个人在东京这边对吧。”

“是的。不过，我住的房子很小，还得去上课、打工，绝对没办法护理她！我爸妈大概也不会过来……”

山下苦笑一声。

“那妙子女士的事不准备管了吗？”

“可是……我也才刚刚进入社会，连自己都没有照顾得很好，去护理病人，有些不合理吧。”

山下轻轻耸了耸肩，以一种公事公办的口吻说道：“那么像您这种情况可以考虑去特护，也就是特别护理型养老院。”

“养老院？那要花几百万日元才能去吧？”未来的脑子里模糊地想起了过去曾在某处海岸边看到过一所度假区风格的养老院。

“特护是享受国家拨付的护理保险补助的，所以费用并不像私营养老院那么高。”

“这样啊。”日本的养老院什么时候变成这样了，未来还是第一次听说。不过，如果祖母能够进入这种类型的养老院的话，那真的是雪中送炭了。

“对了，费用的话大概需要多少？”

“根据房型和护理程度有所不同，大概每个月十万左右吧。”

“十万……”未来轻叹一声。

在便利店打工一个月也只能挣到十五万。不过祖母过去经济上很宽裕，应该会有一些存款吧。

“妙子女士有退休金吗？”

“退休金？应该有吧……对呀，用退休金支付就行了！”未来突然看到了希望。

不记得在哪里看过新闻，说年轻的一代未来能领到的退休金还不及交过的钱多，甚至情况不好的话退休金制度或许会取消。不过眼下老人们还能领到比交过的还要多的退休金，可以说是“幸运儿”了。

“太好了。那要进特护的话，应该怎么做呢？”未来继续问道。

“护理程度三级以上的病人才能进特护，妙子女士首先需要做一个护理级别认定。”

“护理级别认定？”

“请您看看这个。”

山下递过来一沓厚厚的资料。未来有些疑惑地心想，难道要把这些全部看完吗？今天还要去参加演技指导课的小组讨论会呢。

调查员并未留意到未来的神情，继续说道：“首先，由政府部门的工作人员或者已经获得授权的相关单位的护理援助专员进行入户调查。妙子女士还在住院，所以可以直接到医院里来。接下来，由护理认定审查委员会判断病人是需要辅助还是需要护理，如果是需要护理，那么需要判断护理的级别属于从一级到五级的哪一个级别，确定级别后通知家属。之后再由地区统一援助中心制订护理计划……”

“请您慢点说。一下子说这么多我怕记不住。”未来连便笺纸都没带。

“那您就先去区政府找福利部门的工作人员吧。先从入户调查开始。后续的事情下一步再谈。”

“区政府在哪里来着……”未来在自己的记忆中搜索，却一无所获。还好带着手机，未来在手机的搜索栏输入“杉并区政府”。

查到了区政府的具体位置，可惜现在已经五点多了。政府部门为什么总是在人们有需要的时候就已经下班了呢?

“我明天去。”

“妙子女士已经可以出院了,所以尽快办理这些手续比较好。”山下的脸上重新挤出了笑容。

她毕竟还是站在医院那一边啊，似乎想把祖母赶紧从医院撵出去。这样看来，她脸上职业化的笑容有点像是恶魔的假笑。虽然祖母不受欢迎,但被当作“瘟神”一样对待,还是让人心里不快。

未来不由得想到，如果人一上了年纪，就要被身边的人一起往外推的话，不如在身体还健康的时候就死掉算了。反正也领不到多少退休金，而且本来也没多少钱缴养老保险，肯定只有有钱人才能交得起那么贵的保费。健康保险的保费也是贵得吓人。

回去时，未来又去了妙子的病房。

“奶奶，那个……你有退休金吧？”未来直率地问道。

要早一点确定一下这件事。

“什么？是逼着病人拿钱吗？”

“不是啊。是要交养老院的费用。”

“养老院？瞎说什么。我不用别人照顾。我要回福冈。”妙子的右眉竖了起来。

“到了这个年纪，没办法啊。你进了养老院，爸妈会觉得松口气吧，什么坏人终于得到惩罚啦之类的。”

“别把别人说得就像大恶人似的。”妙子不悦道。

“吵死了，害得别人也不能睡觉。”隔帘另一侧的病人听到了她们的对话，嘟囔起来。

“这是在医院，有什么办法？再说我祖母马上就能出院了，之后有机构专门护理。”未来朝着隔帘喊道。

“我不愿意让一些素不相识的人照顾我。”妙子不情愿道。

“那让我妈照顾你？”

妙子一时语塞，没有说话。

祖母和母亲长久不睦，祖母现在不能动，母亲会做出什么过分的举动，还真是不可预料。父亲应该也不会站在祖母这一边。未来想着父母跟妙子曾经相处的过往。

妙子或许也想到了过去的种种，小声地开口道：“那如果我这种程度护理的话，要给养老院交多少钱？”

“说是一个月十万左右。有一个叫作特护的机构，是有国家补助的，所以比较便宜。十万，付得起吗？”未来战战兢兢地问道。想着如果付不起的话就麻烦了。

不过妙子神色平静。

“钱倒没什么问题。我交了护理保险，也有退休金。只不过说来说去，还是把我丢在弃老山[1]了。”妙子应该也是第一次听说这些，看上去有些生气。

“别这么说，现在有很多人在机构中养老，据说这样能让大家都比较轻松。”未来把在网上查到的东西讲给妙子。

“再说，养老院里还有奶奶喜欢的美男子呢。”

“我喜欢的是眼睛亮亮的小鲜肉，才不是那些老头子。”妙子皱了皱眉。

然而除了那里没有别处可去。无论父母家里，还是未来的住处，都没祖母的容身之处。要接受护理，只能去特护养老院。

晚上，未来短暂参与的小组讨论会结束了。天色完全暗了下来，未来急匆匆地走在回家的路上，母亲的电话终于打通了。

“妈妈，医生说有一个叫作特护的地方，奶奶可以去那里。”

“那不就得了，就送她去那儿吧，你去办手续。”

---

[1]弃老山，日本寓言故事，指日本古代老人超过六十岁后，便由家人将其背至弃老山丢弃，任其自生自灭。

“就这么随意决定了？这可是事关奶奶余生的决定。”

“对我来说，你奶奶和死人没有分别。那么久没联络，我们家最困难的时候也不帮忙，和外人没什么区别。快点送她去养老院吧，这样至少还能像朋友一样相处。”母亲的说法竟然和未来预料的一模一样。

问题在于谁都不想承担起责任。

未来完全不明白什么是家人间的亲情。从小父亲和母亲也不怎么关心未来，只是一味地吵架。“这个孩子跟着谁都行”，或者“离婚的话要出抚养费的”，父母吵架时，未来就是他们互相攻击对方的武器。又或者，未来是他们向邻居炫耀的工具。父母总是让未来好好学习，考上好的学校，不过是为了满足他们的虚荣心罢了。

这就是人们常说的“有毒父母”吧。

自高中毕业后，未来就决定不再依靠任何人。对未来来说，家人既不再是毒，也不会是药。

03

CHAPTER

"你 就 是 灰 姑 娘。"

未来的事务所位于惠比寿。一进工作间，未来就开始认真地做起拉伸练习。状态不佳时，运动往往能起到很好的效果。一边拉伸，一边逐一安抚身体的每个部位，使身体恢复正常状态。未来注意到自己脚指甲上的指甲油有些脱落了，心想一定要在下次试镜前重新涂好。

“很努力啊。”身后传来大久保的声音。

“最近一直在为下次试镜做准备。这次我一定要拿下。”未来没有转身，背对着大久保答道。

工作间的墙壁上贴着《被囚禁的灰姑娘》的试镜海报。

这是一部小制作电影。导演虽是新人，但已在业内崭露头角，因此参加主角试镜的女演员和练习生估计会有上百人。

但出演这个角色也正是未来的梦想。

未来的拉伸练习从腿部转向上半身。灰姑娘啊。是的，就是“灰姑娘”引领未来走上了演艺之路。

在福冈上高中时，话剧社的同学们拉着未来一起排练《辣妹·灰姑娘》。

“我们几个怎么都演不出来那种辣妹的感觉。”话剧社里的几个朴素的女孩不断地邀请未来参演。

那个时期，未来化着浓妆，身上带着似乎有些过时的辣妹风格，身边的朋友也大都一样。起初未来以为她们的邀请只是玩笑罢了，后来没想到是真心地想邀她去。恰好那时身边的女伴们接连有了男朋友，未来常常落单，闲来无事的她便和她们一道去演话剧了。

那段时期，未来按照滨崎步的风格，脸上涂着厚厚的白色粉底。话剧社的同学们却说：“怎么看都觉得灰姑娘应该更黑一点。”未来就去晒日光浴，把皮肤晒黑了好几度。

未来是抱着一种无所谓的心态去排练的，出乎意料的是表演的状态似乎很不错。

“若村同学，你真厉害！”

“声音洪亮，连最后一排座位都能听到！”

“一点儿也不怯场，真不愧是酷女孩儿啊。”

赞扬声不绝于耳，未来渐渐觉得自己对表演认真起来。

这或许是未来第一次特别专注于某件事情。她们参加了高中话剧全国巡回展演，灰姑娘虽是反派角色却为她赢得了众多喝彩，未来和话剧社的伙伴们一起夺得了亚军。

正因为有了那次的经历，自己才成为了现在的样子。如果说此前的人生中有过光辉夺目的一刻，未来觉得一定就是那个时候了。

高考前，未来看着自己的成绩单，仿佛看到了自己黯淡无光的未来。这时，演话剧的情景突然在脑中重现。除了学习之外，自己还能不能做点别的呢？传统的升学之路看起来不会有出头之日。而在此前的人生经历中，唯一能让自己兴奋起来的就是在观众面前表演。聚光灯下，自己在舞台上熠熠生辉的情景令人心潮澎湃。

“你就是灰姑娘呢。”大久保有些开玩笑似的说道。

他似乎还记着未来刚进事务所时有些稚气未脱的样子。

“这个角色一定是我的。必须是。”未来笃定道。

如果能出演这部电影，未来希望当年戏剧社的那些伙伴也能看到。虽然现在已经和她们疏远了，但未来心里一直记着她们。当年未来只是作为客串角色参与演出的，心里还是不愿把演戏当成正经事情来做，演完那出剧目就退出了。现在回想起来反而觉得，如果当初一直留在话剧社里就好了。

离家后只身一人来到东京闯荡，未来靠着打工维持着漂泊不定的生活。直到一年后，她考入了培养演员的专业学校，重新拾起了当演员的志向。

一定要再次站在那盏聚光灯下。

未来做完拉伸运动便开始练习发声，一字一句地推敲起台词来。

练习结束后，未来走出事务所，向着与男友约好的地方走去。

“阿透！”

未来从快餐店的窗玻璃外看到了正在看书的阿透。未来抬起手向阿透挥了挥，阿透看到了未来，也轻轻地向这边挥了挥手。未来喜欢阿透身上的那种羞涩。他和未来高中时交往过的那些毛手毛脚、性格开放的男友不大一样。

未来走进店里，闻到了刚炸好的薯条的味道。

两人各自忙着自己的事情，很久没有约会了。

身体刚做完练习有些紧绷，尽管如此，见到阿透，未来还是觉得欣喜。

“等了很久吗？”

“没有。”阿透的脸上带着明朗的微笑。

阿透嘴上说没等多久，但一包中份薯条已经只剩下一半了。

阿透和未来是在一所培训演员及导演的电影学校里认识的，已经交往了半年左右。阿透比未来大一岁。他想做电影摄影师，现在在给一位非常著名的导演做助手，那位导演也是做摄影师出身的。

看到未来，阿透也有些兴奋。

“电影拍摄得顺利吗？”未来问道。

“还好。不过演员表演不太好，总是重拍。”

“导演很严格呀。”

“在我看来是没问题的，但老师总是说需要重拍一遍感觉才对。里面学问很深啊。”听上去像是抱怨的语气，阿透的眼睛里却全是喜悦。

阿透的话题开始转向摄影角度、镜头拼合、聚焦等专业领域，说到兴奋处，还把“摄像机”说成了“瑟像机”，这恐怕是受了导演的影响吧。而未来只是目不转睛地盯着阿透那张因深深热爱而沉醉其中的面孔。阿透脸颊的轮廓还留有一丝稚嫩，但他的内心却有着强韧的一面，是个单纯的、热爱电影的男孩。

若是非要说有一些不足之处的话，那就是在和女朋友的交往方面太过循规蹈矩了。不过，或许正是因为他珍惜未来，才没有越过雷池一步吧。

“那个，今天来我家吧？”未来趁着阿透停下来喝可乐时问道。

“好啊，去。”

阿透看上去也很开心。上周阿透第一次来家里，两人也仅仅停留在接吻的程度。未来心里想着，如果两人之间有了肌肤之亲，关系便会更进一步。

“要不要看 DVD？我借了一张很好的。”

“好啊，是那部经典的丧尸电影吗？那个很好看。”阿透来了兴致。

未来以前借来的 DVD 多数是演技派女演员出演的国产电影，当作演技教材来用。后来看了电影杂志，也开始借一些阿透可能会喜欢的、摄影技术一流的作品。

吃完汉堡，两人坐着电车到了未来在阿佐谷的住处。回家的路上，未来抬头仰望夜空，一轮新月仿佛也在跟随着他们移动。未来想起小时候有人牵着她的手走在从浴池回家的路上的情景。和父母住在一起时是没有去过浴池的，难道记忆里的那只柔软的手是祖母的吗?

两人漫步在晚春的夜色里，暖暖的风轻抚着他们的脸颊。步道两旁的山茶花开得正艳，散发出幽幽的香气。

“坐吧坐吧，我去冲咖啡。”未来让阿透坐在床边，自己拿起电水壶去烧水。

“那张碟片让我放哪儿了……”未来在房里扫视了一圈，也没看到那家碟片租赁店的蓝色袋子。明明就放在床边了呀。

电水壶啪地响了一声，水开了。未来冲了两杯滴漏咖啡，放在小盘里端了过去。多亏了祖母，把这些餐具洗刷、整理得如此整洁。

“稍等一会儿。碟片我不记得放哪儿了……”

未来在电视机旁、桌上、书架上找来找去，还是没有找到。屋子明明很小，这种时候却越是着急越找不到。

“是不是那个？”

“欸？”未来顺着阿透手指的方向看去，衣柜上面放着一个蓝色的袋子。未来心想，一定是祖母放在那里的。

“啊，原来放在这儿了。”未来吐了吐舌头，取下袋子，把碟片放进播放器里。

然而画面上只有错误提示，碟片播放不出来。

“奇怪。是机器坏了吗？”如果是，那损失就大了。未来又连着按了好几次播放器上的启动按钮。

“等等，这张碟是不是蓝光光碟啊？”

“啊？不会吧？”未来慌忙按下弹出键。果然，放进里面的碟片的确是一张蓝光光碟，用这台 DVD 播放器是播不出来的。

“真不敢相信。好不容易借来，却看不了。”白费一番力气。最近可真是厄运连连。

“别急。可以用我的笔记本电脑看。”

“真的吗？”

阿透不费吹灰之力就消解了未来的悲观情绪。

“没问题。”

阿透从包中取出笔记本电脑，放在桌上。未来以前曾听阿透提到过这是一台配置很高的电脑，可以编辑动画的。阿透按了一下笔记本右侧一个小巧的按钮，光驱弹了出来。

“这个能播放蓝光光碟。”

“那我们能看碟片啦？”

“当然。”

“太棒了！”未来一下子搂住阿透的脖子。

“等……等下……”阿透也伸出手抱住未来。

“阿透，我最需要你的时候你总能帮到我。”

“是吗？”

“是啊。”

电影开始了。这部电影讲述的是一个电影外拍团队遭遇丧尸后成功逃生的故事，不过让阿透最着迷的还是电影的摄影技术。

“快看，这里应该是个长镜头。”

“好厉害，这些细节都拍到了！”

“这是个搞笑镜头……”阿透略显兴奋，边看边说道。

未来对这类型的电影兴趣并不大，后来干脆一直在看阿透的脸和手了。

阿透曾说过，如果他成为专业的摄影师，到时未来也成为一名出色的女演员，他一定要拍一部未来担当女主角的电影。两个人的梦想相互契合是一件多么幸福的事啊。未来暗下决心，一定要好好磨炼演技，不让阿透失望。

电影快结束时，两人的身体紧紧贴在了一起。

阿透没说话，未来主动吻了上去。阿透的手轻轻放在未来胸部。未来像是吓了一跳似的缩了缩身体，她忽然想起了那天试镜失败时的情景。

“对不起。”阿透移开了嘴唇。

“没事。我很开心。”未来重新亲吻阿透。

下次试镜即使再有那样的事也没关系。我的灵魂是属于阿透的，身体不过只是个工具罢了。

“可以关灯吗？”阿透小声问道。

“嗯。”

阿透关了灯，房间里只剩下笔记本屏幕发出的微弱蓝光。

阿透的手暖暖的，轻轻伸进未来的内衣下面。就在这时未来的手机响了起来。

“电话？”

“这会儿不用管它。”

不过，电话刚一挂断就马上又响起来。

“唉……”未来站起身，看到手机屏上显示的是一个陌生的号码。

“喂？”未来轻声道。

“你好，我是福利调查员山下明美。”

“啊……您好。”方才还飘浮在美好梦境里的未来，瞬间被拉回了现实中。

“护理级别认定定在五月九号下午四点开始，到时候您能来医院吗？”

“啊？”

未来打开灯翻开日历，脸色一下变得煞白。那天正是《被囚禁的灰姑娘》试镜的日子。

“不行！那天下午五点有很重要的事情……”

“那么下一个认定日要等到一个月以后。”

“但是主治医生已经让出院了。”未来提醒道。

“有点麻烦呢。五月九号实在不能来吗？”

“那件事非常重要，非去不可。护理级别认定大概要花多长时间呢？”

“大概三十分钟左右吧。”

未来犹豫不决。试镜是一定要去的，但是祖母的事情眼下能倚靠的也只有自己一个人了。如果错过了这次认定的机会，祖母一直待在医院里一定会被嫌弃，也许连自己也会遭到白眼。

未来深深吸了一口气道：“我明白了。那天我会过去，不过麻烦您跟他们说一下，希望能尽量早一点结束。”

未来低下头挂断电话。医院离试镜的地方有点远，打车的话应该来得及吧。

“是谁的电话？”阿透问道。

“医院的福利调查员。”未来如实答道。

不过她马上后悔了。一提到医院，方才两人间的甜蜜氛围彻底消失了。果然，阿透顾虑着未来的心情，两人依旧停留在接吻的程度，没有更进一步。

04

CHAPTER

“没有好运气的人是走不远的，没有才华的人也一样。”

病房里，未来坐在妙子旁边，两腿抖动着，显得有些焦急。时间已经过了约定好的下午四点。

“怎么还没来啊。”未来焦急地说道。

下午五点试镜就要开始了，可是护理援助专员直到现在还没出现。

“头发全乱了。”妙子右手握着一面小镜子，边照边小声嘟哝道。

因为一直躺着的缘故，发型被压得全乱了。

“你带了化妆品吧，借我用一下。”妙子对未来说道。

“我带的这些东西不适合你吧？”

“饿了还能顾得上挑食吗？”

"挑食？"

"你别管啦，快借我用一下。"妙子催促道。

"唉，真麻烦。"

"没想到你用的化妆品还挺高级的嘛。"

"怎么说我也是个女演员。"

"演死尸的话要化死人妆吧。"妙子不留情面地说道。

"好烦啊！我都说了，也有活人的角色的。"

"是群众演员吗？"妙子继续说道。

"不是啦。就算当群众演员也是有台词的那种。"

未来嘴上逞强，其实 BS[1] 的深夜剧里她也只有一句台词而已。况且全日本加起来，看那部剧的人应该也不会超过五百人。

"还要努力呀，你现在还控制不了自己的表情。"妙子一边化妆一边说道。

"什么？表情管理我一直都在练习的。"

"不是那个意思。你心里想什么马上就会表现在脸上，这样可是当不成好演员的。"

[1] BS，株式会社 BS 日本的简称，是日本的一家广播卫星电视公司，也是日本最早一家实行 24 小时播出的电视台。

“说得好像你什么都知道一样……”未来不满地嘟囔道。

妙子把小镜子立在床边，把化妆水倒在不能动的左手的手掌心里，单用一只右手开始抹化妆水。

“那个，别太勉强呀。”未来不禁想要伸手帮忙，不想妙子已经自己打开粉底霜，开始搽粉了。

“化妆是女人的盔甲呀。”妙子轻快地移动着粉扑，面容好看了许多。

“哎，不错啊。”未来不禁赞叹道。祖母平时出门应该是经常化妆的。

“要是不这么化个妆的话，就好像没穿衣服走在大街上一样。”妙子说完，好像松了一口气似的放下镜子，端起桌上的茶一饮而尽。

但是未来隐约看到祖母脸上的老年斑并没被粉底遮盖住。

“涂点遮瑕膏吧，奶奶。”

“嗯？”

“要化就要化得完美一点嘛。”

遮瑕膏是在化妆时用来掩盖痣或者雀斑的。未来在老年斑上轻轻点按了几下。

“好啦。”

“怎么弄的？”妙子好奇地问道。

“你看。”未来拿起镜子对着妙子。

“果然不一样了……谢谢啦。”

“再打点腮红吧。面色看起来不太好。”

“医院里没什么像样的饭菜，胃口也不好。”妙子脸上带着一丝抱怨的神色说道。

“没办法呀。你现在也不能正常吃饭。”

“可惜了我刚装上的假牙了。”

未来没有理睬妙子的抱怨，用刷子沾上腮红在妙子的脸上顺着斜上方刷了上去。刷完后，妙子的面色看上去健康红润多了。

“怎么样？”

“很靓。像电话客服。”妙子美滋滋地说道。

“像什么？你是说在呼叫中心工作的人吗？”

“哈，你什么都不知道啊！”

“我还是脑子不行啊。难道是遗传了奶奶你的智商吗？”

“其实你是捡来的。”妙子一本正经地说道。

“行吧行吧。不过这么一化妆心情也变好了吧？”

妙子左右晃晃脑袋，端详着镜子里的自己，似乎还有哪里不太满意。

“下次我给你买个 BB 霜吧。既能当粉底液用，也能当粉饼用，最近比较流行那个。”未来一边收化妆品一边说道。

“……”

“嗯？你怎么不说话，奶奶？”

妙子突然间沉默不语了。但她并没有睡着，而是两眼直勾勾地盯着天花板。

“或者给你买一支口红什么的？”未来又试着问了一句，还是没有回应。

“你怎么了，奶奶？”

正当未来疑惑不解之时，门口传来声音。

“请问若村妙子女士住在这间病房吗？”未来转头望过去，只见门口站着一位穿着深红色西装的中年男子。

“是的。您是来做护理级别认定的吗？”

“对。刚才已经和主治医生谈过了，现在需要和若村妙子女士面谈一下。”

“那就麻烦您了。”终于把他等来了，未来悬着的心终于放下来。认定结束以后，还是要尽早赶去试镜。

“您好，我是护理援助专员仲村。”仲村将公事包放在床边，向妙子打了个招呼。

妙子还是一动不动，没有反应。

“奶奶，做认定的人来啦。”未来提醒道。

“妙子女士不能说话吗？”

“不是啊……哎，奶奶，你别再闹着玩儿了。”

“……”

“叫医生来吧。”仲村按下呼叫器。

“奶奶，你说话呀。你怎么了？”未来急得不知所措。

医生很快就来了。他摸了妙子的脉象，用手电筒照了照她的瞳孔，问了她许多话。然而妙子依旧毫无反应。

医生取下听诊器，望向未来说道：“有可能是痴呆症。”

“痴呆症？”

“是的。脑出血有时会引起痴呆症。”

“是痴呆症啊？”仲村边向医生问道，边在笔记本上写下了什么。

后来仲村又问了妙子几个问题，妙子没有任何回应。未来将自己知道的情况代替妙子做了回答。

仲村和医生离开后，未来焦急地望向妙子问道：“奶奶，你没事儿吧？”

妙子没有答话。

未来查了查脑出血与痴呆症，觉得祖母的状况有点像是网上说的脑血管性痴呆症。

已经瘫痪了，又患上痴呆症，这可真是雪上加霜啊……如此沉重、棘手的情形，未来觉得自己有些喘不过来气。

“未……来……”

未来听到妙子的声音。

“嗯？奶奶？”未来一抬头，妙子正看着她。

“你能说话了？”

“刚才……有点迷糊。”妙子有气无力地回答道。

“是不是头疼了？”

未来稍稍松了口气。或许医生说的痴呆症是误诊了。过些时候再做一下深入检查，一定没什么大问题的。

“你还在这儿磨蹭什么，快走吧。不是要去试镜吗？”妙子提醒道。

“啊！”未来瞟了一眼手机上的时间，已经四点四十了。

“糟了！”未来跑出病房。祖母的状况的确令人担忧，但等待已久的试镜也绝不可以失之交臂。

医院的大门外，只有“出租车乘车点”的牌子孤零零地立在那里，平时停在那里的出租车竟一辆也没有。

“唉，真不走运！”未来向不远处的一条大路上匆匆跑去。

终于拦到一辆车，下车时未来连司机找的零钱都没拿，跌跌撞撞地朝着试镜的那栋楼跑了过去。此时已经过了五点半。上了电梯，未来按下七层的按钮，又连着按了好几次。一会儿上去了无疑是要迟到了。

出了电梯狂奔几步，终于看到了贴有“《被囚禁的灰姑娘》试镜室”字样的房门。

“我是若村，对不起我迟到了！”未来一边大声道着歉，一边走进试镜室。

她看到一个穿着制服，眼里含泪却又喜笑颜开的女孩子，头上两条马尾辫随着她的动作而一摇一摆的。

“感谢各位踊跃参加试镜选拔。”一位导演模样的男子说道。

“女主角就选定16岁的JK了。非常棒！”制作人满脸笑容。

未来认得他。

“请等一下！我也是来……”

“啊。你是若村吧。”制作人的目光投向未来。

那眼神像是瞟着掉在路边的一枚一分钱硬币。

“对不起！我祖母病情突然恶化……”

“别演了。守时也是演员的一项工作。你是新人，怎么能让大家都等你一个人？”制作人用十分严厉的口吻说道。

“关键时刻缺席，这一点倒是跟灰姑娘有相同之处啊。很遗憾。”那位导演模样的男子小声笑道。

“舞会的群众演员还有空缺，要试一下吗？”那位男子接着说道。

“群众演员……”未来又一次感受到了绝望的心情。今后恐怕再也没有机会当上主演了。

不，我不要做群众演员。我要做主角！

然而从嘴里冒出来的却是另外一句话。

“请让我试一下。”未来深鞠一躬。

接受群演角色的话，或许还能得到与导演和制作人交流的机会，或许还能在现场被紧急起用成为主演。这些“或许”，对未来来说就像救命稻草一般，她怀着一种买彩票的心情，近乎天真地接受了这一安排。总比一无所获强吧。

未来不住地鞠躬。

“好吧，我们会和你的事务所联络的。”制作人拍了拍未来的肩膀。

“这个世界上，没有好运气的人是走不远的。没有才华的人也一样。”

“对不起。谢谢您了。”未来心有不甘。难道自己真的是既没有运气又没有才华的人吗？

制作人一行人走出房间后，未来双腿一软坐在了地板上。耷拉着头呆望着地板时，一双黑色漆皮鞋在眼前站住了。

“喂，你说要好好表现是真心话吗？你是故意惹我生气吗？”抬头一看，是一脸怒气的大久保。

“对不起……”

“明子可是拿到一个角色了。”

“啊？”

“欺负灰姑娘的姐姐的角色。你啊，你也得像她那样挤破脑袋往上冲啊。”

连那个惹人讨厌的明子都拿到了一个有台词的角色。一想到这里,未来的心情更加低落了。她感到自己和别人之间有了落差。

不过，正如经纪人所说，只有那些将全部精力都投入到演艺事业上面的人才能够成功，而未来现在却背负着祖母这个重担。

“辛苦您了！”未来大声向大久保道了别，便逃也似的跑了出去。悔恨懊恼的泪水夺眶而出。

明明自己付出了那么多的精力去练习。

明明自己是那么渴望出演这个角色。

未来被心里熊熊燃起的怒火驱使着来到了医院。穿过医院的大厅，她径直走进妙子的病房。

“可恶的老太婆！把我的试镜全搞砸了！”未来在心里怒吼着，一把将病床的隔帘拉开。管她是病人还是痴呆症，那可是我准备了很久的试镜啊，就这么被你毁了，我的梦想全都破灭了！

然而出现在未来眼前的，是一位陌生的中年女性，正用惊恐的眼神盯着她看。

“你……你是谁啊？”

“啊……对不起,我走错了。”未来慌忙鞠了一躬,合上隔帘。

“这老太太去哪儿了呀……”未来困惑地走出病房，确认了贴在门口的名牌，才发现这间病房里已经换了别的病人。

按着护士告诉未来的房号，她找到了位于二层走廊尽头的一间双人病房。

门口的名牌上有妙子的名字。

“怎么回事，房间这么小……”

未来走进昏暗的病房，同时听到了机器“咔嗒咔嗒”转动的声音。未来心里产生了一种不好的预感，不会是祖母的病情又加重了吧？

拉开左侧的隔帘，未来看到妙子躺在病床上正睡着，呼吸声略有些沉重。看来刚才似乎是杞人忧天了。

机器声是从旁边的病床传来的。未来在妙子病床旁的圆凳上坐下时，瞥见旁边的隔帘下放着一台机器，像是呼吸机。

“太过分了，把病人塞到这么狭小的地方，又不是个物件，这么随意搬来搬去的……”

未来抱怨着，又忽然意识到自己何尝不是把祖母当成了累赘呢。心里的怒火已经渐渐平息下来，只剩下深深的疲惫感。

妙子最近有些嗜睡。未来心里盘算着，这样下去该怎么办呢？

“我真的想成为一名演员啊，奶奶，你一定不要挡住我的路啊……”未来嘟哝着闭上了眼睛。

“试镜怎么样，没选上吗？”

未来被突然间响起的话语声吓了一跳，膝盖一下撞在床边上。放在桌上的塑料水杯摇晃起来。

“不要突然起来啊，吓我一跳。”未来觉得自己的心脏都要跳出来了。

“什么时候起来是我的自由吧？”

“话是这么说……痴呆症有好转吗？”未来边揉膝盖边问道。

“痴呆症？谁？”

“当然是奶奶你了。”

“我现在脑子清醒得很呢。”妙子脸上露出诧异的神色。

“做护理级别认定那天，你不是不能说话了吗？”

“不知道啊。我是不是那会儿睡着了？”

看来她不记得了，或许真的是痴呆症。不过眼前说着话的祖母，分明和以前一样，还是那个任性要强的老太太。

“那个，试镜怎么样，是不是没选上？”

“……算了，我已经习惯了。”

“说什么呢，就这么轻易认输了？”

“还不是因为……”你啊……未来差一点脱口而出了，却没有再说下去。“因为奶奶你的事，我迟到了，所以落选了”，这种话未来还是说不出口。冷静下来之后，她顾虑着对方只是一个半身瘫痪的病弱老人。

“说我没有才华。”未来深深叹了一口气。

虽然自己见识过很好的舞台，也特意去上了表演课，然而才华或许是一种与生俱来的天赋吧。制作人对未来说的那几句话，让她觉得自己无论如何努力都当不成明星了，她心里失落极了。

“才华啊。以前你可是有过的。”妙子的眼神里带着些怀念。

“噢？什么意思？”

“你还在奈保肚子里的时候，还没有起名字。不过已经知道怀的是女孩，所以临时给你起了个小名，叫‘小华’。”

“这名字可真土气。”未来皱起了眉。

“对于家里人来说孩子是最光彩照人的，刚出生时真的像天使一样。”

“说这些又有什么用呢……”

“特别可爱，小眼睛忽闪忽闪的。”

“反正现在已经变混浊了。”未来没所谓地说道。

妙子定定地看着未来的眼睛。

“真的啊，像死鱼眼睛。”

“你……就不能说点好听的吗？”未来没好气地说道。

“就算你是我孙女我也不能说假话呀。”

“我的眼睛有那么差劲吗？”未来掏出粉饼盒照着自己的眼睛。的确有些死气沉沉的。

未来心想，要不要去做个开眼角手术呢？

“未来，人是一种很弱小的生物。每天被生活所迫，慢慢地就看不到那些美好的、让人愉快的东西了，眼神就会失去光泽。你爸爸出生的时候，也像你一样，有一双闪闪发亮的眼睛。但他没有韧劲，做生意最后被逼成了那样一副狼狈相。因为这个你小时候也吃了不少苦头吧。”

未来心里恨恨地想，父亲的工厂濒临倒闭时袖手旁观的就是祖母你吧。因为家里没钱，小时候未来连补习班都上不成，和朋友们去野营时，也只能坐着家里工厂的小货车过去，那时的未来在同伴间有些抬不起头来。

妈妈经常说：“你奶奶就是个冷血无情的守财奴。”

为什么家人之间总是争吵不休呢？未来是捂着耳朵长大的。

成长在这样充满硝烟的家庭里，身上哪会有什么才华呢？未来心里变得无望起来。才华这种东西，有的人自然有，没有的人永远也得不到。

“就这么认输了？”妙子问道。

“才没有呢。总有一天……”

“别撒谎了。你现在脸上的表情完全就是悲情剧里的女主角。好像在说这不是自己的错，都是周围人的错。”

“啊？”未来又看了一眼妙子。她会读心术吗？

“但是未来，说自己没有天赋，这只是一个逃避的借口罢了。因为没天赋所以没法子、认输吧、放弃吧，这是自暴自弃。”

“我没有这么想……不管多难我也一定要当上明星的。”未来打起精神逞强着说道，妙子却已经打起了盹。

“哎，听到了吗？话还没说完，别睡啊。”未来耸耸肩，站了起来。

走出医院的大门，未来发现自己方才糟糕透顶的心情好转了许多。

难不成是受到祖母的鼓励了吗？

翌日清晨，未来来到位于惠比寿的事务所。她像往常出勤打卡一样，正准备将挂在墙上的名牌翻过来，一时之间却没找到自己的名牌。

“咦，怎么回事？”

凑近了仔细一瞧，终于在一排名牌的最下方找到了那个写着“若村未来”四个字的名牌。

“什么情况，太过分了……”

“哟，这不是倒霉的未来姐姐吗？”转头一看，是明子，脸上挂着戏谑的笑。

“我怎么倒霉了？”

“我听说以后我们的名牌就是按成绩排位了。”明子伸出手将自己处于中央位置的名牌翻过来。

“选上一个坏心肠姐姐的角色，看你那个得意劲儿，也太夸张了吧？反正那个角色也不需要什么演技，演起来应该很轻松吧。”未来咬牙切齿地说道，心里一半儿都是嫉妒。

“唉，你这灰姑娘也真是可怜啊，王子总也不出现。”

“说什么呢！”未来伸手扯住明子，明子也毫不相让，敏捷地反手抓住未来。

未来对明子平日里的言语做派早已忍无可忍，明子对未来似乎也多有不满。两人撕扯起来，拳打脚踢，不过双方都下意识地避开了对方的脸。

正当未来对准了明子的大腿准备狠踢一脚时,手机响了起来。

“等一下。都说了等一下啊。停！”未来一把推开明子，掏出手机。

这个电话说不定和工作有关。

“您好，我是若村。”未来柔声道。

“我是福利调查员山下。”

“啊……您好。”未来的话音低沉下来。最近似乎每天都会通过某种形式和医院发生联系。

“护理级别认定的结果出来了，我通知您一下，判定的级别是五级。”

“啊？是最严重的那个级别吗……”

“因为有痴呆症的倾向，所以判定的结果也综合考虑了这个情况。”

“这样啊……”

“有了判定结果就可以向护理机构提出申请了。您去政府部门办理申请手续吧。”

“明白了。谢谢您了。”未来怀着沉重的心情挂断了电话。

等待了很长时间，得到了最坏的结果。也就是说，护理援助专员判定祖母自己一个人无法上厕所、洗澡，无法自主进食。难道真的是痴呆症吗？

从结果来看，祖母的病情似乎不会好转了。未来忽然感觉到一阵胃痛。

这就是现实。一副无法逃脱的枷锁。

未来觉得眼前的一切一下子蒙上了一层阴影。

只要达到三级就可以进入特护养老院了，而祖母的病情已经达到了五级……

未来脑子里浮现出祖母躺在床上一动不动的样子。她像是求助般地打开手机查看特护型护理机构的介绍。或许其中会有一些风景优美、服务周到、像度假胜地般令人心情愉悦的地方呢。

未来把随身物品放入寄存柜，一心一意地在手机上查起资料来。她看到一篇文章，内容写道：“多数人进入特护机构需要等待一段时期，但护理级别越高，越可获得优先安排。”

“也就是说，护理级别是五级的话就更容易进去啦？”未来喜不自禁。

不过她心里马上涌起一种罪恶感。祖母病情严重，自己却欢呼雀跃起来，怎么说都不像话。

“喂，你这个老女人。你笑什么！”明子又过来了。

“烦不烦啊！”未来出其不意地冲着明子的肚子就是一拳。

“你干什么！”明子也一拳打了回来。两人再度厮打起来。

“你们俩快住手！”大久保飞奔过来，急忙将两人拉开。

“我明天再来。”未来重重地关上门，向外跑去。

小姑娘们都向她看过来，似乎都在笑话她这个没有出头之日的前辈女演员。没错,她们一定是这么想的。未来感到无地自容。

“为什么会这样啊！”未来在电梯里质问自己。

未来讨厌的不是明子，而是因为祖母的护理级别高而暗自欣喜的自己，那么卑鄙，那么令人厌恶。自己的内心什么时候开始变得这么阴暗了呢?

未来走出玄关。外面下雨了。

“奶奶……如果说奶奶是坏人的话，我自己也不是什么好东西。”

未来径直走出自动门。淋湿就淋湿吧。

刚一出门就听到了一个声音。

“怎么了未来，怎么这副表情？”阿透撑着伞站在门边，微笑着看着未来。

阿透怎么会在这里？！

“阿透！”未来不假思索地一把抱住阿透。

一股柑橘味道氤氲开来。是阿透过生日时未来送给他的香水。看来阿透一直用着呢。

“被人看见了。”

“不管了。”未来紧紧抱着阿透不肯松开。

阿透抬起手轻抚未来的头发。未来觉得心里一下子平静下来了。

“你怎么来了？”

“来附近办事，想来看看你。”

“就这样抱着我。”

“……好。”阿透伸手拥住未来的腰。

这个人怎么这么好啊，我需要他的时候总会及时出现。

未来放松下来，开始小声地抽泣。

“发生什么事了？”阿透问道。

“不知道该怎么办好了。”

“所以除了哭，再没有任何办法啦？”阿透脸上挂着宠溺的笑容对未来说道。

“嗯，只有哭。”

“我们换一个暖和点儿的地方吧。”

“哪儿都行。”

两人坐电车来到阿透的住处。未来在沙发上坐下来，沙发上也散发着阿透的味道。她窝在沙发里有些昏昏欲睡，这时阿透端来一杯热奶茶。

“哇，谢谢！”未来闻着杯里散发出的香甜气味喝下一大口，一股甘甜的暖流将身体里的倦意全部驱散了。

“灰姑娘不是应该起来多干点活儿的吗？”

“因为王子对她很好所以灰姑娘不用干活儿了。”

“给你泡奶茶就算足够好了吗？”

“足够了。”未来把头倚在阿透肩上。

“未来，暑假我们去宫古岛吧，我想去看那座新建的大桥。”

那座桥建在一片翡翠绿色的大海上，阿透曾经在电脑上给未来看过照片。

“很漂亮的一个地方呢！”未来感叹道。

“开车在大桥上穿过，感觉一定很棒吧？”

“嗯，我们去吧，我也想去！”

光是想想已经让人心潮澎湃了。存的钱应该是够用的。还可以顺便在冲绳拍一套泳装写真，给事务所做宣传用。防晒霜要多买点。另外便利店那边也要早点联络，提前换个班。

“那就早点跟事务所申请吧。”阿透的嘴唇轻轻吻了下未来的头。

“啊，但是……”未来心头蒙上一层阴影。

“难道……是在担心奶奶吗？”

“嗯。不过我们暑假去的话，那会儿奶奶应该已经进特护了，一周去看一次就好了。我们去旅行前手续应该都办好了。”

未来打消了心里的顾虑，脸上露出笑容。暑假之前，一定要把这些事情处理妥当。

“那就好。泳装我来帮你挑吧？”阿透问道。

“少来，看你那色色的眼神。”

“才没有。”阿透抱住未来。

“就有！”

未来望向窗外。不知不觉间雨势已渐渐变小了。

这场雨来得恰到好处。

05

CHAPTER

“不要打击年轻人的梦想啊！”

区政府是未来很少踏足的地方，只有搬家时来过几次。咨询台的工作人员耐心地指给她“保健福利部高龄人员住家援助科机构申请办理处”的窗口。

看上去要等很久的样子。未来在一张四座连排的椅子上坐下来，揣摩着下次试镜的角色。直到她快要忘了自己为什么来这里的时候，喇叭里终于叫了她的名字。

窗口里面坐着一位像邻家阿姨一样面容和善的中年女性。

“首先，请您把入院申请书与情况表填写好之后，连同护理保险被保险人证明的复印件，一起提交给您想要申请的那家特别护理型养老院。”那位阿姨和颜悦色地说道，随后将两份文件递给未来。

“也就是所谓的特护，对吗？”未来问道。

“是的。”

未来实际上并没有完全听明白，不过文件是一定要填的。于是她大概浏览了一遍，却赫然发现文件上问的问题已经到了事无巨细的程度。

“这些全都要写吗？”她心里有一丝抵触。

“没错,这张是机构一览表。”那位阿姨——看名牌上的名字，应该称作小西女士——将一张 A4 纸递给未来，上面罗列着机构名称和联络方式。

“谢谢您。嗯，选哪家好呢……”

纸上写着几家特护的信息，但未来看不出区别，毫无头绪。或许应该选一家离家近的吧。不对，还是应该选一家福冈当地的比较好。

说起来祖母在福冈应该是有朋友的。

未来仔细想了想，却发现自己对祖母的事情知之甚少。

“那个……病人是由您护理吗？”小西女士问道。

“是的，是我。也谈不上护理，现在还在住院……”

“不容易啊。没有其他家属吗？”小西女士询问得很详细。

或许她觉得未来还是一个不谙世事的小姑娘。

“我父母还在福冈。不过他们工作很忙，这些事情让我先自己决定。”

“这样啊……”小西女士的脸上露出同情的神色。

未来心想，像她这样质朴、柔和的人，一定是生活在正常的轨道上，而自己的生活，却已然偏离正轨了。

“但我一定会尽力的。”未来说道。

“像你这么年轻的孩子，能做到这个程度，真让人感动啊。”

或许吧。未来的同龄人现在应该正在咖啡店，吃着应季的草莓或芒果刨冰，翻看着时尚杂志、偶像写真什么的。

“没办法，只有我一个人在这儿……”

“如果有任何不明白的，就再来问我吧。”小西女士的眼睛有些湿润。

“好的。谢谢您。”

小西女士的体贴令未来感到温暖。不过，一想到又要等待很长时间，未来心里不禁有些烦躁。这些手续如果不能一次性办完的话，可能就没时间去上课了。未来最近想多去打打工，攒够和阿透去旅行的费用。

从区政府出来，未来走进一家快餐店，点了一杯一百日元的饮料，将资料放在桌上开始填写起来。

但上面有很多问题未来并不知道怎样回答。祖母的病历之类的，她了解得也并不太多。只能直接去问祖母了。

未来起身，走出快餐店。

到达医院时，正好是吃饭时间。

“哎呀，看着很香嘛。”

病床餐桌上放着一碗色泽浓郁的低卡蔬菜汤，正冒着热气，里面的蔬菜也被粉碎成了流食。旁边还有一碗粥。因为瘫痪，妙子的吞咽能力似乎也退步了不少。

未来用勺子舀起软软的洋葱，送到妙子嘴边。最近未来常常伸手帮忙，所以妙子也不抗拒，张开嘴吃了下去。不过在吃的时候还是拼命地想动一动她那只不听使唤的左手，或许她心里还是想要自己吃饭吧。未来发现妙子的左手虽然动不了，但肩膀好像能够稍微动一动。

“身体是不是恢复一些了？”

妙子像是在细细品味粥的味道一般，慢慢地动了动嘴，把粥咽了下去，语气里有些不满地说道：“一点儿也没有。”

未来倒是觉得，和刚生病那会儿相比，祖母的确恢复了很多。

那时在ICU见到刚做完手术的祖母时，怎么看都像一具死尸一般。脑出血初期身体功能会受到极大的损害，而随着时间的推移，在一定程度上身体状况能够恢复一些。

“那个，奶奶你的生日是哪天来着？”未来从包里取出特护入院申请书，向妙子问道。

“三月三号。”

“三月三号……啊，奶奶，是女儿节[1]那天啊。”浓浓的少女气息，未来不禁笑出了声。

“您是哪年出生的？明治[2]几年？”未来继续问道。

“你这家伙，拿我寻开心呢？”

“怎么啦？”未来不解。

“肯定是昭和[3]啊。什么明治，那跟江户时代[4]也没什么两样了。”

---

[1]女儿节，每年公历三月三日是日本的传统节日女儿节，父母通常会把人偶装饰在家门口，祈求女儿健康成长。

[2]明治，日本年号，1868—1912年。

[3]昭和，日本年号，1926—1989年。

[4]江户时代，1603—1867年，又称德川时代。

“是吗？”

明治时代的人还像江户时代一样梳着发髻吗？

“连明治和昭和都分不清楚，看来你根本没有好好学习啊。现在也没个正经工作，大学也没上过吧？”妙子不满道。

“我上的是专科学校，专门培养演员的，现在已经签了事务所了。上了大学也就是找个安稳的工作而已，没什么新鲜的。想找一个铁饭碗的话，除非去做公务员。还是做点自己喜欢的事情比较好。”

“倒也有点道理。”妙子回答道。

“是吧？还是应该做自己喜欢的工作。”

“不过我可不觉得你现在做的事情能称得上工作。”妙子继续说道。

“不要打击年轻人的梦想啊！”未来板起面孔。

像这些关于未来啊、梦想啊之类的话，母亲一次都没有问起过。她总是教训未来，要她按照既定的路线考上好大学、找个好工作，未来与她总是话不投机。也许母亲只是想听到周围的人恭维她：“您女儿考上好大学了，真了不起呢。”

真是令人生厌。

未来能够感受到母亲对于与资质平平的父亲结婚是有些后悔的，并且将这种复杂的心情发泄在了孩子的身上。未来对此感到厌烦，所以才离开家来到东京。父母不在身边的日子，未来感到神清气爽。一想到再也不必整日看着父母的脸色度日，未来就觉得即便东京如此拥挤不堪，也是令人心神畅快的。

“那么，是昭和哪一年呢？”

“那张纸是干什么用的？”妙子岔开话题。

“是特护的入院申请书和情况表。奶奶你也不想一直住在医院里吧。进了特护的话，地方很宽敞，护理服务也很到位。对了，特护的正式名称叫作……哎，叫什么来着？”

未来翻看起拿在手里的一共七页纸的申请书。

“啊，对，叫作特别护理型养老院。这上面内容很多，都得填。”

妙子像是默许了一般，耸了耸肩。

“我的包放在柜子里，里面有我的护理保险证，按着那个填吧。”

“嗯。”

未来取出祖母的包，找到了那张折成三叠的护理保险证。上面写着年龄和住址。

“昭和十三年啊。那就是……”

“不用算了吧……”妙子不悦道。

“但是有一栏要填写年龄。”

“随随便便让人填这么多个人信息，那个什么特护，到底打的什么主意？”妙子很怀疑。

“要申请入院，也是没办法啊，只能按着人家的要求做了。”

大概不会有人对祖母的个人信息感兴趣。即便有，也就是些电信诈骗犯之类的。

“应该是，八十岁……”未来一边查看护理保险证，一边填写申请书上的必要事项。

“对了，我发现了一个特别有意思的电视节目，你看吗？”

“我现在顾不上看。”未来一边写着一边答道。

“我觉得你会喜欢看的。”妙子从枕头旁边拿过来一个小巧的智能手机，用右手利落地按了几下，画面开始播放了。

“奶奶，你还有智能手机？”未来睁大眼睛问道。

“别小看人了。你要是觉得老年人都是笨手笨脚的，那可就大错特错了。”

“你说的有意思的节目叫什么？是《笑点》什么的吗？”

未来瞟了一眼，是一部电视剧，似乎是两小时连播的悬疑剧，镜头拉近，黑夜里的码头上，躺着一名被杀害的年轻女子。

“啊……你怎么在看这个！”

没错，画面中倒在码头上的尸体正是未来扮演的。

“这就是你引以为傲的工作吗？”

“别看啦！你是怎么找到这部剧的？”

“正好闲着，我在谷歌上搜到的。”妙子得意地说道。

“别乱看啊。”

“还有这个也很有趣，若村未来的Future · In · The · Sky ☆☆☆。”

“啊，连博客都被你找到了？”

这个博客是自己以艺人的身份发布动态用的，博客的名字被祖母这么一念，未来羞得无地自容。即便不是艺人身份，个人博客暴露在亲人面前，也是一件让人脸红的事情。

“Future · In · The · Sky，是什么意思啊？”

“都说了几遍了，别看啦！”未来生气地喊道。

未来伸出手想要把手机抢过来，妙子一下把手缩了回去。

“这样不吉利的名字，好像人已经上天堂了一样，飘荡着一股香火味儿……”

“啊？”

未来心想，离天堂更近的分明是祖母你吧。可惜这话对着病人又说不出来，未来只得在心里生着闷气。

“这个博客上还登着你的演出经历呢。这些信息一旦放到网上就会留下痕迹,永远不会消失了,所以不能在上面随便乱写啊。”

“好像你什么都知道似的……”未来嘟囔着。

这么大年纪的人了，还知道得这么多，这些日子闲着的时间肯定都用来看《每日情报》之类的节目了。

“你现在还是在用本名，没有艺名对吧？”

“事务所的社长说了，用本名就行。”未来回答道。

“不过演尸体的话起了艺名也是白搭。”

“尸体尸体的,说个没完了。演尸体也是很难的,得屏住呼吸、上半身不能动呢。”未来气急败坏地说道。

“要说尸体啊，不是这么安详的，未来。尸体是很可怕的。”安稳度日的祖母忽然间说出这样的话，未来吃了一惊。

“你见过尸体吗？”未来赶忙问道。

“见过啊。”

“在哪儿？”未来一下子坐直了身体。难道祖母遇到过杀人案？

“小时候经历过空袭啊。”妙子的眼神变得悠远了些。

“场面很悲惨的。不管大人还是孩子……被烧死的，痛苦不堪。和他们相比，未来你演的尸体像是躺在空调房里的一个悠闲自在的人。”

“那是不是脸上带着点儿怨悔的表情就更好了？”

未来试着皱起眉头，像爱德华·蒙克画里的人物一样张大了嘴巴。

“傻瓜，这就变成喜剧了。”

“我可是认真的……”未来脸红了。

“你光能看到事物的表面，白白浪费生命，那是不行的。人都不知道自己什么时候会死。我们年轻的时候可没有这么多时间任由自己去探索。”

“你们老人家都是这样倚老卖老的。自己慢慢去探索怎么不好了？要是因为怕死就整天担惊受怕地活着，那还不如死了算了。再说，要是遇到自己不想做的事情，去抗议、去游行不就行了？你们的时代是很难，不过我们也好不到哪里去，将来老了连退休金都领不到。全球化让大家都找不到工作，没有什么工作能干一辈子的，结婚也很困难，家庭出身不好的孩子连学都没得上，哪能找到什么正经工作做呢？和你们那会儿只要好好工作就能衣食无忧的昭和时代相比完全不是一回事儿。经济景气和泡沫经济，哪个我们都没赶上过。”

“那这么说全是别人的问题了？再说你这说话的语气能不能改一改？就这样说话还能有工作呢？”

“上学时候这么说话习惯了……没关系的，重要时刻我会好好用敬语说话的。”

“哎，不行不行，”妙子脸上是不以为然的表情，“习惯成自然啊。表面功夫做得再足，平时的行为举止还是会无意间流露出来的。懂行的人一看就知道。”

“是吗？”未来半信半疑地问道。

“平时总穿地摊货，突然间穿上大品牌的衣服，是不会合身的。”

“是因为穿习惯了吗……”

的确，如果衣服不合体，那么无论多么昂贵的衣服，穿在身上也显得别扭。只有平时在意穿着打扮的人，才能了解自己的体形，挑选出适合自己的品牌。

“同样的，女演员在不工作的时候也得像个女演员的样子。平日里以女演员的标准要求自己，才能把演员的气质渗透在自己的骨髓里。你平时总这样懒散，哪里能有什么光彩照人的时候呢？”

“说得好像自己很厉害一样。奶奶你懂得怎么演戏吗？”

“我呀，年轻的时候在向岛[1]做过艺伎呢。在那个时代来说也算是艺人了吧。”

“真的假的！”未来头一次听到祖母说起她做过艺伎的事情。

“我可是很受欢迎的，连你爷爷，也是那时候被我迷住了。”

“真不敢相信。”

未来又细细地端详起祖母的脸。这么一说的话，祖母的确是五官端正，行为举止、待人待物也很妥帖。祖母应该可以称得上优雅端庄了吧。

“咳，没承想眼前的这个女孩子却是这么冒冒失失的。真想看看是不是受了父母的遗传了。”

[1]向岛，日本地名，隶属东京。

“要说遗传，不就是遗传了奶奶你的儿子嘛！”

“说的也是。那就是养育方式出了问题……”妙子耸了耸肩。

“但是我爸是你一个人一手带大的对吗？”

“是啊。那时候一个女人一边工作一边带孩子，是很难的。那些男人知道了我的情况，就好像看准了我自己不行似的要来追求我，甚至有个人大晚上的追到家里来，弄得我坐立不安，想着要不要把他从家里赶出去。”

“啊，奶奶你是被人尾随了。”

祖母年轻时或许真的十分受欢迎。

“那个时代还没有这个词。这种事情说给谁听谁都不当回事，反而还有人说我拿这些事情出来炫耀。简直是笑话，被那样猥琐卑鄙的男人追求，有什么值得炫耀的。”

“说得是啊。”未来点点头。

“还有教会的那些人也是，知道我家里条件差，就一副什么都懂的样子来家里找我，说什么只要祈祷就能得救、神与我们同在什么的。我觉得有点儿烦，不想加入，每次都拒绝他们，后来附近的几家教会联合起来孤立我，说我是个怪人，说我的孩子很可怜什么的，流言蜚语满天飞。”

“原来成年人之间也有霸凌的情况啊。”

“即便如此我还是下定决心要把孩子带大。”妙子的语气里带着些孤独。

就在这时，护士进来了。

“哟，妙子女士，您今天精神不错呢。”和妙子搭话的这位护士戴着眼镜，面容亲切。

“啊，谢谢……”未来随意地开口向护士道谢，妙子马上用那只能活动的手拍了一下她的屁股。

“是的……我祖母给您添麻烦了，多谢您一直以来的照顾。”未来慌忙改口说道。

祖母是让我平时也得像个女演员一样行事，对吧。未来下意识地挺直了腰板。

“您孙女来看您了，真好啊。”护士手脚麻利地开始量体温，一边对妙子说道。

“是个毛手毛脚的孙女呢，也不知道随谁了……”

“才不是，我能干得很呢。”

“是吗？”妙子揶揄道。

护士也开心地笑起来。

“妙子女士，康复训练看来起作用了。”护士看着祖母的左手说道。

和以前相比，左手手腕确实能稍微活动一下了。

“嗯。托您的福。”妙子点点头。

“康复训练？现在已经开始进行康复训练了吗？”

“是的。方便的话您去跟负责康复训练的医生谈谈吧。”

未来应了一声。

康复训练室在五层。护士说每次训练时，都是用轮椅把祖母推上来。

未来从步行训练用的栏杆旁通过后，一位年轻男子迎面走来，负责祖母康复训练的就是他。

未来快步上前和他交谈起来。

“在我们医院只能进行一些非常简单的康复训练。妙子女士已经做了少量训练，不过频率应该再提高一点，还是进入专门的康复机构比较好。”年轻男子说道。

“这么说来，医生的确也说过，手术刚做完的阶段康复训练的效果最好。那么以后效果会越来越好吗？”未来问道。

“是的，有这个可能。不过也存在个体差异……康复训练的效果最为明显的就是病倒后的半年时间内。”

“啊，只有半年？半年之后再做就不起作用了吗？”

妙子病倒到现在已经过去一个多月了。这样看来半年内如果恢复不了的话，以后妙子的身体一直都会是现在这样了。

“总之还是尽早做安排比较好。”

“这些事情怎么不早点告诉我呀！”未来不满道。

“没看到有人来探望妙子女士，所以一直也没有机会说……”

未来咬住嘴唇。医生是在怪我吗？是我的问题吗？但如果天天来医院，我自己的生活又该怎么办呢？未来心里重又被一团黑云笼罩起来。

“在进特护之前，都能做康复训练吧？”未来继续问道。

“是的，不过每周也就只有一次……”

“次数不能增加一点吗？”

“医院里负责康复训练的医生人数很少。不过，家属可以帮忙做。”

“也就是说让我自己过来吗？”未来有些沮丧。

06 CHAPTER

“死亡时刻到来时，就顺其自然吗？”

“啊，好累。”

未来感到眼皮沉重，便在便利店柜台后面坐了下来。最近帮着祖母做康复训练，其他时间都被挤占了。

凌晨三点，世界上大部分生物都在熟睡中。

“这一夜还很长呢。”小张一边吃着包子一边对未来说道。将打工和上课放在天平的两端衡量时，未来不得不选择先挣钱。但未来也隐隐有些不安，请假太多的话不会被培训学校除名吧？

“我看一会儿书，有顾客来的话叫我啊。”小张坐在收银台里侧，拿起摆在货柜上的杂志翻看起来。他似乎对《金钱的法则》《假想货币投资法》一类的金融图书比较感兴趣，便心无旁骛地认真看了起来。

未来在工作中却完全提不起学习的兴致。即便现在再怎么用功，只要不是刚毕业的学生，还是找不到什么像样的工作。一个人一旦脱节，想要再重回正轨就很难了，上市公司的那些大叔员工是不会给你机会把他们挤走的。

这就是日本人与中国人的区别。日本正在走向衰落，而中国却正在强势崛起。兼职员工的变化也证实了这一点，由于中国籍员工的薪资渐涨，店里正逐渐雇用更多亚洲其他国家或南美国家的员工。

"小张，以后你有什么打算吗？"未来问道。

"我吗？将来我想去美国或者欧洲工作。"小张的视线并没有从杂志上移开。

"不在日本找工作吗？"

"日本的大学奖学金很高，所以来留学比较合适。"

"这样啊。"也就是说，把日本当作跳板了。

"抱歉啊。虽然我也喜欢日本，但总感觉到有些闭塞，怎么说呢，也有些压抑，无端的约束太多了。"小张解释道。

“也就是人们所说的加拉帕戈斯化[1]，对吗？”

“不过这个时候做选择其实有点困难。中国近来发展势头也很好，其实留在我们自己国家也不错。”

“那你会回去吗？”

“现在还回不去，家里为我留学借了很多钱。”

“哦……”

看上去云淡风轻的人，也都有着各自的痛处，只是在前进的途中无暇焦虑罢了。或许在小张的心里，成功就是他唯一的目标。

“中国现在的护理行业情况怎么样？”未来脑中突然闪过这个问题，便向小张问道。

曾经有新闻报道过，中国因为过去实行独生子女政策，现在也正在逐渐步入老龄化社会。

“我没看到太多人因为护理老人而烦恼的。大概医院不怎么过分地去做延长寿命的努力吧。死亡时刻到来时，就顺其自然吧，这似乎是一件理所当然的事情。”小张想了想答道。

[1] 加拉帕戈斯化（Galapagosization），是日本的商业用语，指在孤立的日本市场中，独自进行“最适化”，而丧失和区域外的互换性，面对来自国外的适应性和生存能力更高的产品、技术，最终陷入被淘汰的危险，是一个由加拉帕戈斯群岛的生态进化系统演变来的具有警示意义的词。

“是吗……”

未来正想再问问小张中国有没有养老院，他却快步从收银台后面走出来了。

“我去冷库补货去啦。”

就在此时门口进来几个二流子模样的男青年，看他们的表情就感觉有些不好对付。

“别把我一个女孩子丢在这儿啊！”未来心里埋怨道。

遇到棘手的事情就想逃避，这或许也是一种处世哲学吧。眼下未来也想从这里逃走。大概每个人都只想专注于自己的事情。然而生命之重却是无论如何也无法逃避的。

07

CHAPTER

"穷人在去往天堂之前的最后一步，依然要尝尽人间疾苦。"

周末,未来趁着去特护办申请手续前的空当到医院探望妙子。

未来用轮椅推着妙子路过天台,空气里弥漫着下过雨的味道,水泥地面的角落还残留着被雨水打湿的痕迹。楼下的花坛里,淡蓝色的紫阳花静静开着。

到了康复室后,妙子开始尝试锻炼,右脚情况尚可,左脚看上去依旧使不上劲儿。妙子面容扭曲,双膝颤抖。

"来,脚用点儿力。"未来鼓励道。

"话真多。"

"能自己用力站起来的话就恢复得更快了。快,加油。"

"你说得倒是轻巧。"妙子不满道。

"可你现在要是不锻炼的话以后只能一直这样了。"

妙子没再开口，颤抖着手臂又继续练起来。或许她也觉得，和后半辈子一直依赖别人照顾相比，还是现在暂且忍耐，拼着命地好好锻炼更好吧。

未来以前碍于家庭关系，很少去见妙子。最近见得多了，才慢慢发现她是个自尊心很强的人。

“手上用力。”

“用不上劲儿呀！”妙子的语气里带着焦躁。

“就是为了能用上劲儿才锻炼的嘛。”

“哎……你也是很闲嘛，别在这儿瞎晃悠了，快去上课什么的吧。”妙子冲未来喊道。

“还不是因为……”你要是不做康复训练就一辈子都恢复不了了。未来把这后半句话咽了回去。

不过，话没出口眼泪却涌了出来。难道是我自己不想去上课吗？只是把这些委屈憋在心里没说出来罢了。

“怎么了未来？”妙子问道。

“没怎么。继续做吧。”

“越来越想要一根拐杖了……以前总觉得永远也不会用到那玩意儿。”妙子用尽全身的力气，终于站了起来，却在站起来的瞬间失去平衡向一边倒去，未来急忙将她扶住。

“没事儿吧？”

“一把年纪了，还是少不了要修行啊。”

未来不禁笑出了声：“修行！说得好像漫画里的事一样。”

“有什么好笑的，你也是，不趁着年轻好好努力，将来就像正人[1]似的，上了年纪还养活不了自己。”妙子训斥道。

“那还不是因为在工厂最困难的时候奶奶你却一点儿没帮忙吗？你手里有钱，却见死不救。”

“……是正人这么说的？”妙子的眼神在一瞬间有些飘忽不定。

“不是，是我母亲。她说我不能买游戏机，上不起补习班，都是因为奶奶你的错。那些上过补习班的同学们，确实考了好成绩，上了好大学呢。”

其实若是未来硬要去上的话，也是能去的。只不过，即便上了补习班，考上一所不入流的大学，也只是把家里的最后一分钱花光而已，别无他用。

[1]未来父亲的名字。

“业务计划也不好好做，眼看着有赚钱的机会却白白放过了，总想着依靠别人。”妙子不留情面地说道。

“别在背后说他们坏话啊。再这么说的话你就一个人在这儿待着吧！”未来突然间生起气来。虽然自己有时也讨厌他们，但从祖母口中听到这些话，不知为何她却听不下去了。

未来怀着一种愤愤不平的情绪陪着妙子做完康复训练，将她送回病房后准备离开时，收费处的事务员将她叫住了。

“抱歉，若村小姐，麻烦您去交一下费吧。”说完就把住院费清单递给未来。看来住院费应该是每月一结。

“啊……”未来接过清单看了一眼费用小计，上面写着五十五万日元。

“这么多！”未来感到脊背发凉。虽说里面含了手术费，但这个金额也着实令人咋舌。

“一般的病人适用的是高额疗养费制度，不过妙子女士已经超过七十五岁，所以适用的是后期高龄人员医疗制度，按照妙子女士的收入划分的话，需要自己负担的限额是五万七千六百日元。不过餐费和床位差价不包括在里面。”

“噢，这样啊。”未来隐约只记住了“后期高龄人员医疗”这个关键词，心里想着一会儿再查查看。

不过祖母住的那间病房其实十分狭小，没想到床位差价却高得离谱。或许是医院想借此逼迫病人早日出院吧。

“病号服的费用后续由厂家给您发费用清单。”事务员继续说道。

这下不光是时间被剥夺了，连钱包也要保不住了。“被命运拨弄得毫无喘息之机。”——未来曾在某个剧本中读到过这句话，没承想今日却成了自己的写照，日子一天比一天艰难。

从医院出来，未来立即给家里打了电话。

“妈妈，住院费得赶紧准备一下，医院催了。”

“不行不行，我们自己还过得紧紧巴巴的。”电话那头传来母亲略显疲惫的声音。

“那怎么办？”未来抬高了嗓门。

虽说只是婆媳，但母亲如此不管不顾的实在是不负责任。

“让你奶奶自己交钱不就行了。”

“对她说这种话精神上又要受一次打击吧，前几天她可是差点得了老年痴呆症的。将来让她把钱还回来也行啊，现在怎么说都应该先垫上。”

“哦……要不那个，你自己先想想办法？”母亲突然间用一种近乎讨好的语气说道。

“你开什么玩笑！不光让我照顾她，连钱也让我出吗？”未来生气地喊道。

“没办法。冲压机又坏了，修理也要用钱啊。”

未来隐约听到电话那头有机器声，似乎是冲压机制作勺子时发出的声音。说到勺子，最近也只按一百多日元的价格大量批发出去，市场行情不景气。况且勺子也不是什么高端产品，增值空间有限，因此厂里的业务也在萎缩。

“还不是因为你们非要买二手机器，老是这么坏下去，还不如卖掉算了。”未来继续说道。

“买的时候那么便宜，还觉得是捡了个宝贝呢！”

“修理花了这么多钱，还不如直接买新的。你们真的是一点儿计划性都没有。”未来突然觉得祖母说他们的话一点儿也没错。

“别说这种没良心的话，到底是谁把你养到这么大的？”

“又来这套，动不动就说这个。不管了，反正你们把住院费准备好。”未来不想继续说下去了。

“干脆早一点儿死掉算了，反正也是早晚的事。对了，安乐死行不行？”

未来倒吸一口冷气，把电话挂断了。

祖母眼下已经半身不遂了，母亲竟还能说出这样的话，未来气愤不已。或许人们对于自己没有亲眼所见的事情内心还是无法受到触动。未来想着，无论如何应该让他们来探望祖母一次。

想让父母来东京的话，只能撒谎说祖母病危了，或是其他什么。只有这样，才有可能让他们产生负罪感。

此刻未来只是痛切地感受到，如果她也对祖母置之不理的话，那祖母就真的孤苦无依了。

挂断电话，她去了离家最近的特护“康健里”，那里离阿佐谷站大约三站的距离。

未来踩着草坪走进院里，眼前出现了一座配有一整面玻璃幕墙的建筑，整洁又静谧。透过玻璃能看到大厅里摆放着一排自动按摩椅，就像机场大厅里的一样。未来每次去大型的家电卖场时，总会在这样的按摩椅上坐一下试一试。从外形上看，这里的按摩椅似乎功能更全面。

“奶奶如果能来这里，应该会住得比较舒适吧。”未来心里抱着期待，迈步进入大厅里。

未来边走边扫视着墙上的告示板,上面贴着“烟花大会”“夏日祭”等各地活动的通知，在特护的住院人群里面招募参加活动的人员。这么看来住进这里的人并非卧床不起，在护理员陪同下应该是可以外出的。

接待处在按摩椅的里侧，有一张大桌子，像宾馆前台一样。一名职员穿着深绿色系的制服站在里面，应该就是接待员了。

未来从包里拿出一个装着申请书和情况表的透明文件袋给那名职员说：“打扰了，我是刚才打过电话的若村。”

“好的，是申请入院的对吗？请您稍等。”

年纪不轻的职员不时地看向未来。未来今天没化妆，穿着深红色的连衣裙，样子很朴素。即便是这样，来这里的访客中像未来这样的年轻人还是少数吧。未来转头看看四周，入院者的家属看上去都在四十岁以上了，似乎这才是正常情况。

然而自己被看作年轻女性，又有点讽刺。作为一名女演员，这个年龄已经接近黄金年龄的最后期限了，却又没有累积足够的实力，转型成为演技派。

“表演课落下那么多，真不知道自己在这儿干什么。”未来心里嘀咕道。

未来被带到一间小小的白色会议室。

“请坐。”

未来在桌子旁边坐下来，取出一份申请书交给了那名职员。未来昨晚花了一整晚的时间才将那张表格填好。

职员粗粗浏览了一遍表格。

“祖母就拜托你们了。”未来鞠了一躬。

不管是对祖母来说，还是对家里人来说，这样的安排是最合适的。祖母身体状况恢复之后，如果想回福冈，再去那边重新找一家养老院即可。那个时候爸妈也能帮得上忙了，祖母的瘫痪状态好转后说不定还可以在家护理，父母也该尽尽孝道了。

想着终于可以告一段落了，一想到那次错失的试镜机会，未来心里就会涌起一阵说不清的痛楚。如果能够卸下这副沉甸甸的担子，那就忘掉一切，先去海边或者温泉，或者和阿透一起去风景绝美的江之岛 spa，一定会很开心的。

未来从透明文件袋里拿出护理保险证的复印件递了过去。

“若村妙子女士的护理级别是五级对吧？”职员问道。

“是的。”

“那么等待入院的排位大概是一千两百多号。”职员头也没抬地说道。

“什么？一千两百……多号？”未来感到一阵眩晕。她突然想起苹果新品发售日排在商店门外的长队。不，这比那还要长。

“是说有一千两百人在排队等待入院吗？”未来问道。心里很希望是哪里出了错。

职员却一本正经地点了点头说道：“是的。”

“等一下！我祖母的护理级别可是五级啊！是最迫切需要护理的那个级别了！”

“但是遗憾的是这个级别的老年人有很多。”那名职员的脸上没有一丝愧疚的表情。也许她对这副场景已经习以为常了。

“怎么会这样……那需要等多少天？”

“不好说，我想至少要等两年吧。”

“……两年？”未来瞠目结舌。

两年时间，祖母都变成什么样儿了？再说医院那边也催着早点出院。

“这已经是最快的情况了。排队等待的一共有一千七百多人，即便认定的护理级别比较高，但家里无人照顾的老年人也很多。若村小姐，您的父母身体都还健康吧？”

“身体还好，但是很忙，而且离得很远，也没什么钱……”未来慌乱地回答道。

被祖母说中了。平日里未来总想像个成年人一样行事，可一到这样的时候，那副稳重样儿全抛诸脑后了。

“各家情况大致也都差不多。有些人为了护理老人只能辞职了……”

“不会吧……”方才消失不久的绝望重又回到了未来心里。甚至比之前程度更甚。

“您看怎么办？申请手续还办吗？”

“办吧……”保险护理证复印件的一角已经被未来手心里的汗水濡湿了。

接下来该怎么办？未来脑子里一片空白。

“那个，您向其他特护提交申请了吗？”那名职员似乎看出了未来的憔悴，开口向未来问道。

“没有……我想挑个离家最近的。”

“我觉得您应该试试看申请其他的特护。位置不远的话往返也很快的。”

“这么一说我想起来区内确实还有几家特护……”未来赶紧

从包里拿出在区政府领的那张特护清单。

“大部分人会向能申请的特护全都提交申请手续。即便这样，能进关东地区的特护就算很好了。”

“这么紧张……”未来感慨道。

“市中心本来就人多，等待入院的人不计其数……”

“福冈怎么样？那里是祖母的老家。”

那名职员翻了翻自己手里的资料说道：“福冈的情况也差不多，也属于城市地区，所以跟东京区别不大。护理机构比例最高的是岛根县。不过申请之后也一样要等待一段时间。”

“是这样啊……”未来觉得祖母似乎已经无处可去了。或许只能将她送去一个遥远的陌生的地方了。可是别的地区的养老院能轻易地接收一个外来的病人吗？

“我们这边空出床位的话马上跟您联系。这期间若村妙子女士情况有任何变化，或者家庭情况有变化的话还请您告知我们。”

“好的……”未来魂不守舍地走出会议室。

听那职员的口气，想必其他特护情况也都差不多。未来神思恍惚地走向出口，走到自动门前，门却没打开。

“怎么回事……”未来推了一下门，只听门响了一声，却没有任何反应。连自动门都要欺负人了。

未来把手指伸进两扇透明玻璃门的缝隙里，用力地想把门掰开，但是没用，门还是没开。为什么自己的前面总是有一堵迈不过去的墙啊！未来像是跟玻璃门置气似的，使劲晃起门来。

“打开呀！快开！”

“等一下！那个门是上了锁的。”特护的职工快步向这边走来。

“上锁？”未来不解道。

“住院者随意走出去是有危险的，所以这个门不能自动打开。”

“哦……这样啊。”

原来如此。这是为了应对老年人的徘徊行为吧。未来想起以前听说过的一起事故，一位老人迷迷糊糊走到铁轨上，被火车撞了，铁道公司向遗属提出赔偿要求，不知道后来怎么样了。难道那位老人家也是因为护理机构满员没能进去吗？

职员将一张卡贴近墙上的信号器，门缓缓地开了。一扇能进不能出的门。像捉老鼠用的一样。

未来坐上公交，再次去往区政府。只能再去问问小西女士了。未来在脑子里搜寻了一圈，可以求助的似乎只有她一个人了。医院里的福利调查员身上总是透着一股“快点出院吧”的势利劲儿。

再说跟特护的一千两百人排队一比，在区政府等待叫号的时间，就不算什么了。

一小时后，未来站在了小西女士面前。

“特护申请得怎么样了？”小西女士亲切地问道。

“康健里有一千两百人排队。那边说让我多申请几家特护。”从小西女士的表情来看，她似乎早已料到了这个结果。

“是吗？入院难现在都变成一个社会性问题了。老人家一旦住进去，在离世之前房间是不会空出来的。”

“离世……也就是说，在去世之前会一直住在里面？”

小西女士点了点头。

“那就不可能住得进去了吧！我们交的健康保险费到底是用来做什么的？每个月拼死拼活地给老年人交养老护理费，交这么多钱就是为了让我祖母去排队的吗？税金都拿去搞什么ODA[1]啊导弹啊什么的，这些东西有什么用，还不如多建几家特护呢。”

“那个……”小西女士面露难色。

---

[1]ODA（政府开设援助），是指发达国家为提高发展中国家的经济发展水平和福利水平，向发展中国家等提供的援助。

“算了。”原本就不该指望政府。掌权者哪里懂得老百姓的疾苦。

“在特护空出床位之前，这些排队的人都怎么办呢？我租的公寓是一居室，无论如何都没办法在家护理。可是医院那边又催着出院……”

“倒是有一个办法，可以去自费的养老院。”小西女士说道，随即弯下腰从柜子里面取出一张表格。

“这张表上列了大部分自费的养老院，虽然不像特护那么便宜，但费用还算不高。在特护空出床位之前，要不先去这里吧？”

“自费养老院吗……”

未来将表格最上面第一家养老院的名字输入手机搜索栏，点开弹出的“费用”按钮，显示入住前需要先交一千四百万日元的预付款，并且每月要交三十万日元的费用。

“啊哈。”未来不觉间笑了一声。一个人在被逼到无可奈何的境地时，也只能发出一声苦笑了。

“这样的地方肯定不行啊。每个月八万日元的房租都快交不起了，一千四百万，简直……”

“不是还有你父母吗？”

“家里欠了很多外债，他们也没钱。”或许眼下这个社会，跟弃老山的时代也没什么分别，未来心想。

当然，这样贵的养老院，对有钱人来说，也许不费吹灰之力就能入住。这的确是一个阶层社会。穷人在去往天堂之前的最后一步，依然要尝尽人间疾苦。

“那就再查一查费用低一点儿的地方吧。”小西女士没有放弃。

“但是费用低的话对待老人是不是很粗暴？虐待老人什么的……”

人们常说便宜没好货，新闻里曾报道过一些养老院将老人关在狭小的房间里，只给提供粗陋的饭食，目的就是为了榨干老人们的退休金。送老人进去的家属，也许已经什么都不关心了，只想从护理老人的重担中解脱出来。不，也许不全是这样，凭着良心经营的养老院一定还是存在的。

“那就只能靠自己去现场考察了。”

“简单看看能看出究竟吗？”

国营或者地方政府运营的机构或许问题不大，私营养老院大概是参差不齐的。不过现在也管不了许多了，未来心里已经开始动摇了。

“其实短期入住的话问题不大，不过费用负担确实很重……还有一个地方可以去，就是老健。”

“老健？”未来侧着头望向小西女士。

“全称应该是护理老人保健机构，需要护理的老年人最长可以入住半年。设立老健的最主要目的原本是辅助老年人进行康复训练，但基于现实问题，有的老年人会在那里等待特护空出床位。”

都是些未来从未听说过的新词。老健能住得进去吗？

“您说的这个老健，费用也很高吧？”

“那倒不会，可以使用护理保险，费用和特护差不多。”

“就是它了！我想找的就是这样的机构！”

未来似乎感觉到圈在自己四周的厚重的墙壁终于开了几个孔，有光线洒了进来。有这半年的时间，父母也能转圜了，而且祖母也可以继续进行康复训练。此刻在未来眼里，小西女士长了一张天使一般的脸，虽然这位天使人到中年，脸上还有些许皱纹，却依然很美。

“老健能马上入住吗？”

“一般需要等一个月左右，会空出床位。”

“一个月……也还是得等吗？”

到处都需要排队，未来心里烦躁。不过，和特护的两年时间相比已经好出许多了。不管怎样，未来觉得这件事终于有了着落。

“我取一下表格，稍等。”小西女士又一次弯腰下去。

祖母的去处，会在那张表上吗？

08 CHAPTER

“以后你要是说‘都是因为你，把我的生活搅得一团糟’，我才不想听呢。”

翌日，未来和阿透约在新宿的丸井百货门前会合。商场的外墙上挂着“泳衣特卖会”的巨幅海报。

“那件怎么样？”未来看着阿透兴致勃勃地挑着泳衣，怎么也无法开口对阿透说自己去不成冲绳了。

申请老健的入住许可不知道什么时候能下来，如果错过办手续的时间，空出的床位给了别人，那就再也无计可施了。

眼下还在六月，未来的夏天却已早早结束了。

“阿透，对不起！”最终未来还是说了出来。像是一道伤口又被扒开了。

“啊，这件太暴露了对吗？”阿透手里拿着一件剪裁十分大胆的比基尼，脸上带着害羞的表情说道。

“不是。这件很好。阿透喜欢的话，透明的泳衣我都会穿。不是因为这个……”

“未来，出什么事了？”阿透担心地盯着未来的脸。

“冲绳，我去不了了。”

“啊？”阿透的脸蒙上了一层阴影。

“对不起！奶奶要去的养老院需要排队，我得留在东京等着。真的对不起！”

“这样啊……”未来感受到了阿透的失望，眼看着阿透的情绪一下子变得极度失落。是啊，他一直是那么期待。未来心里的愧疚感无法言说，此刻只想立即从阿透眼前消失。

“真的对不起。我也特别想去的。”

“那我们回去吧，先把订单取消了。”阿透用一种若无其事的口吻说道。未来却觉得倒不如让阿透生气地责怪自己几句好了。

也许阿透已经开始讨厌我了。背着一身麻烦的女人，是一定会被人嫌弃的。就像带着拖油瓶的离婚男女。一个才二十岁就因为需要照顾祖母而无暇顾及其他的女孩子，会让人觉得过于灰暗、沉重了。

未来脑子里忽然冒出母亲丢给她的那句话：“还不如直接

死掉好了”。

但她马上又想起祖母手术时自己心里做的决定，要对手术的结果承担起责任。未来小时候，父母答应她的很多事都没做到。“星期日就带你去游乐园”“带你去赶海吧”“一起去参加文化节啊”，都只是一句空话而已。未来曾发誓，自己决定好的事情，一定不能毁约。

但是从结果看来，自己却违背了和阿透之间的约定，背弃了那个自己最为珍视的人。

“对不起。奶奶去不了特护，只能先住进老健了……”说着说着，眼泪掉了下来。未来口中的这些词，恐怕没几个人知道吧。

“对不起，对不起……”未来不停地道歉。

“没事啦，不用道歉啦。”阿透站在电梯门前，按下下行键。

电梯停在地下不动，很久都没上来。平日里和阿透在一起的时光总觉得短暂，今天的时间却变得无比漫长。

和阿透分开后，未来心绪低沉地来到了位于惠比寿的事务所。

“留给我的只有一堆没来得及去上的课程了。”

未来把挂在最下面的名牌翻过来，换了一身轻便的衣服。她伸手在挎包里找试镜用的剧本。下次试镜的是一部讲述婆媳矛盾的剧，未来其实并不感兴趣，不过现在由不得自己挑拣了。她只想心无旁骛地好好排练一下。

未来把包里翻了个遍，还是没找到剧本。别处也没有。

“到底放哪儿了？”未来去柜子里看了看，依然没找到。有时试镜是不给剧本的，但这次的确是提前拿到了的。

“啊。”想起来了，落在医院了。

“什么记性。”未来把剧本的事抛在脑后，走向跑步机。她把耳机插在手机上，打开音乐，配合着音乐的节奏跑了起来。

大脑慢慢地放空了。

一小时后她从跑步机上下来，腿脚有些飘忽，跑步带来的惯性还没消去。她马上铺开垫子做拉伸练习。大概用了三十分钟的时间，把全身每个部位都拉伸了一遍，终于感觉身子清爽起来。锻炼身体，是心情郁闷时的良药。

结束锻炼，未来去冲了个澡，浑身清爽地去了医院。

晚上九点，已经过了探视时间，不过只要夜班护士让进就可以。反正那间病房，狭小得就像个杂物间一样。

未来从夜间值班室出来，上了楼梯，穿过走廊，来到住院部。

祖母的病房亮着一盏小灯，看来还没睡下。

“这会儿还不睡，会打扰别人吧？”未来边说边进了房间，却发现旁边的病床是空着的。那个“咔嗒咔嗒”的机器声消失了，病房里显得格外安静。

“旁边的病人出院了吗？不错啊。”

“傍晚那阵儿去世了。”妙子回答道。

“啊？”前几次来时虽然没看清楚面容，但的确能感觉到邻床病人的动静。

“就她自己一个人，一下子就不行了。家属后来才赶过来，像是终于松了一口气似的。”妙子淡淡地说道。

难道祖母也觉得自己成了别人的累赘了？

“不会的，肯定是因为太难过，变得有点茫然罢了。”未来连忙说道。

“变成大麻烦了没地方可去的人，才会被送来这间病房吧？不过这儿还挺安静的，也挺好。”妙子继续说道。

祖母一直独自待在这间刚刚有人去世的房间里吗？身体想动一动却也动不了。

“对了，你有事吗？这么晚过来。”

“嗯，那个……欸？”未来正琢磨着说什么，低头看见妙子手里拿着什么，正是自己的剧本。

“还给我呀！试镜练习要用的。”未来伸手想把剧本拿回来，不想妙子的右手迅即撤走了，完全不像一个瘫痪了的病人。

“《恶婆婆制服术》啊，有意思。”

“没那么简单啦。”未来回答道。

“我帮你对台词吧。来试试看。”妙子扬起头盯着未来说道。

“啊？多难为情啊。”

“这都难为情，还怎么当专业演员哪。”

“什么呀……”未来一下子紧张起来了。

她想起前几次试镜时令人窒息的气氛。高中时期在文化节上表演时轻轻松松毫不费力，可现在，心里总想着必须要成功，身体反而僵硬得不得了。更别说要跟妙子一起练习了。

“你啊，还没把自己当成一个真正的演员。”妙子似乎看出了未来的退缩，断然说道。

“未来，你自己在情感上感觉到难为情，是因为你还没把自己融入角色里面，说明你还没有打破包裹在你身上的那个壳。演戏凭借的是自己内心无法抑制的一种冲动，但你现在的状态就像过家家一样，这样去试镜是没法通过的。”

“连你也这么说……”未来心下一惊。妙子的这番话，和以前去试镜时担任评审的一位制作人的话如出一辙。看来还是自己看待问题太肤浅了吗？再这样下去，怕是没有出头之日了。

“试试吧。”未来拿起剧本又看了一眼，深吸了一口气。

“我要离开这里。我不是你们的玩偶。”未来试着说了一句台词。

妙子马上对答道：“别说傻话了真由子，你可是二阶堂家的继承人！”

厉害！妙子的演技让未来刮目相看。她怎么能演得这么自然呢？

“烦死了！去死吧老太婆！”未来的语气里带着些心虚。

“停。不对。”妙子话音一落，她们回到了现实中。

“怎么了，哪里不对？”被一个非专业演员叫停，未来仅存的一点点骄傲也消失不见了。

“你还是在装样子。”

“什么？”

“你只是在努力地去演那个角色，而不是真正地把自己当成了角色里的那个人。”妙子一针见血地说道。

“唔……还是不太明白。”未来挠了挠头。

妙子耸了耸肩。“笨蛋。就是说你啊，大学也考不上，落榜了到处瞎晃悠，就是普通人一个，什么演员的才华，其实一丁点儿也没有，就是不招人待见所以想干点儿惹人注意的事罢了。就像那些买了彩票盼着中大奖的人一样，永远也中不了。”

被妙子一通抢白，未来火冒三丈。

“烦死了！你这老太婆！”未来大吼一声，吼得喉咙都痛了。

妙子沉默下来。

“啊，对不起。是因为奶奶你话说得太过分了。”

“刚才就对了。”

“嗯？”

“你的内心之前是压抑的。”妙子嘴角上扬，笑了。

“是吗……欸，难道这就是所谓的斯坦尼斯拉夫斯基表演体系[1]？”

“嗯？斯坦夫什么？”妙子不解地问道。

“是专业词汇，不用管它。我好像知道秘诀是什么啦！”

[1]斯坦尼斯拉夫斯基表演体系，是由俄国演员、导演、戏剧教育家斯坦尼斯拉夫斯基提出的表演理论，简称斯氏体系，主张演员与角色合一的体验式表演。

未来想起了表演专业书里的内容。斯坦尼斯拉夫斯基表演体系讲的是，通过深度体验角色的情感，实现真实的表达行为。也就是说，刚才的未来是从心里憎恨妙子，所以说出的台词里包含了真情实感。

“刚才演得很好。”妙子平静地说道。

说完用右手端起塑料水杯，把里面的茶水喝完了。这杯茶应该是护士从休息室里的茶水机那里帮妙子接来的。

“未来，你不需要伪装自己。别人也不想被你当成傻瓜对待，就让别人看到一个真实的你好了。”

“嗯……”

“我年轻的时候，也一个人来过东京。”妙子淡淡地说了一句。

“是为了赚钱什么的吗？”

“也没有那么上进啦。就是嫌父母太烦了，摆出一副恩人的姿态，‘你以为是谁把你养大的’，总把这些话挂在嘴边上。”

“欸？和我们家一样呀！”未来惊讶道。

“是吗？”

“嗯，我妈的口头禅。”

“哎呀……”妙子平静地摇了摇头。

自己要生孩子，又在孩子面前摆出一副恩人的姿态，未来也很讨厌这种做法。要是回一句“又不是我让你生我的”，又必然会被贴上不懂孝道、不知感恩的标签。

结果，世上的规则就由这些唯我独尊的成年人制定了。暑假做广播体操，就是一个最有代表性的现象。原本体操就是身体关节僵硬的中老年人才应该做的，小孩子即使不做体操，也是精神百倍、体态灵活的。大人们非要把他们的价值观强加给小孩子。早上睡到自然醒不好吗？原本暑假就是用来休息的，况且暑假作业已经让放假的乐趣减少了一半。

但母亲总是在意着邻居们的目光，早早地喊醒未来，逼着她去做广播体操。未来总想告诉母亲，想要得到别人的尊重，自己应该先学会尊重别人。

“但是也有痛苦的时候，未来。离开家就意味着要一个人活下去，不管受了多重的伤都得自己去治好。”妙子若有所思地说道。

“这样才好啊，随心所欲的，只对自己负责就行了。”未来觉得离开家是幸福的。赚钱虽然辛苦，但与家里那种蒸桑拿般的窒息感相比，不知轻松了多少倍。

“是吧。所以以后不要再过来啦。”妙子看着未来的眼睛说道。

“什么？”

“好不容易离开家得到自由，别来医院了，去做自己想做的事情。住院费也不用担心，我跟医生谈过了。另外，以后你要是说‘都是因为你，把我的生活搅得一团糟’，我才不想听呢。”说完，妙子笑了。

未来对祖母的认知又多了一分。眼前的祖母虽然上了年纪，一半身体已不能动，但依然保持着极强的自尊心。她明知没有了未来自己将会无依无靠。

“虽说有点儿麻烦，但也没别的办法，还是过来吧。”未来说道。

“这么说可不行。”

“啊？”

“把自己的真实心情都说出来了，这样可当不成女演员。能把自己心里没有的台词说出来才是真本事。喜欢能说成不喜欢，不喜欢能说成喜欢。”妙子一本正经地说道。

“哟……果然是当过艺伎的人，奶奶你谈恋爱的时候让很多男人哭过吧？”

“哭了的都没谈成。”妙子坦然地笑了。

不过，如果祖母当过艺伎，那自己想当女演员就说得通了。

未来觉得好像终于找到了和祖母之间作为家人的纽带。

“以后我们就互帮互助吧，我帮你做康复训练，你帮我对台词，谁也不吃亏。”未来提议道。

“那我可不划算。”

“什么呀，正好相反吧。”

“你真是心里想什么就说什么呀……这样下去连综艺节目的前排座位都坐不上啊。”

“不用你操心啦。”未来不禁笑了。能这样为自己当演员的事儿操心的，祖母是头一个。也没有嘲笑自己的梦想，认真地说了这许多的话，甚至还能提出建议。

未来觉得心里微微涌起了暖意。就在这时，电话响了。

“是……是的……真的吗？”未来的话语声抑制不住地激动。

“发生什么事了？”妙子问道。

“老健有空床位了！”没用一个月就已经轮到了。终于可以离开这个棺材一样的病房了。

妙子淡淡地看了未来一眼，揶揄道：“你怕不是把我当成一条小狗一样送人了吧。”

CHAPTER

"没有人来啊奶奶！你到底怕什么呢？"

翌日，未来来到那家空出床位的老健“光养苑”，想实地考察一番。院长带着未来在院内走了一圈。面积上虽然不及“康健里”，但还算是整洁清净，并且还配了复健器械。老年人里行动自如的也并不少。和特护要求护理级别三级以上才能入院不同，这里一至五级的人都有。甚至有些人看上去身体没有任何不妥。

就像在区政府里听到的那样，这里不同于特护，更着眼于复健，因此不会像特护里的老年人一样一直住到离世，院内的氛围并不让人觉得压抑。有些老人还可以住在家里，只在白天过来。

“看着很不错呢。”未来自言自语道。

就在这时，眼前一位女士突然晕倒了。

“啊，老人家，您没事吧？”未来赶忙上前一步。

不过看到倒在地板上的那个人的脸时，才发现原来是一名年轻女性。

“咦，很年轻啊？”

“抱歉，是我们这儿的护理员。”院长迅即答道。

“噢？护理员怎么晕倒了？”

这次院长并没有回应未来的疑问。

院里环境不错，未来却隐约感觉到一种微妙的怪异之处。该不会是个黑心院吧。未来心里涌起不安。

“这边上电梯，请跟我来。”院长若无其事地说道。

乘电梯上了四层，对面正是自动洗浴室。进去一看，洗澡的设备是由洗浴机和一张床构成的。按照楼层管理员的介绍，老年人可以坐着专用轮椅进入特制的浴盆，关上门，即可自动洗浴。在家护理老人是没有这种设备的，洗澡是一大难题。护理老人的家属常常腰疼、手腕疼，也是情理之中的事。

来到食堂，未来看到两张十人座的大桌子，和三台五十英寸的电视机。老人们安安静静地坐在椅子上，眼睛盯着巨大的电视画面。

未来总觉得不知哪里有些不对劲。

看了一阵之后，未来才终于明白是怎么回事了。老人们谁都不说话，只是一动不动地盯着电视里播的节目，没有一个人和周围的人交谈。

未来一直盯着那些住院者的脸。那些人的眼睛空洞无神。他们身上仿佛没有一丝生机。

祖母和他们不一样。祖母的眼神里是有光的。

想到要把刚毅的祖母送来这样一个地方，未来心里泛起一股不可名状的情绪。在这里待久了，祖母也会变得像他们一样，只剩下一具空皮囊吗?

“这边就是房间了。”院长接着带未来来到了入住的六人间。

说明手册上写着，房间入住人数越少，房费越高，就像医院里的床位差价一样。

一名正在换床单的黑人男子听到动静，转头望向这边。

“你好。”

“咦，外国人？”未来有些诧异。在护理机构里看到外国人，令人意外。

“欢迎光临，我叫马里奥。”

“日语很流利啊。”

“我已经来了两年了。”马里奥手脚麻利地换了床单。

“他通过日语三级考试了呢。”院长的语气里带着一丝得意。

“我们通过 EPA 接受一些来自印尼或者菲律宾的外国员工，他们工作上手很快，工作态度和体力都很不错。”

院长告诉未来，EPA 是缔约国之间的一个经济合作协议。未来其实并不太明白，只是直观地感受到了日本的劳动力不足。联想到打工的便利店，除了小张以外还有很多外国兼职员工，以及东京的餐厅里越来越多的外国服务员，未来心想，既然日本人力不足，那么给这些外国人提供工作机会，也是各取所需吧。

“马里奥先生负责这个房间吗？”未来问道。

也许以后祖母每天都要和这位马里奥先生打照面了。

“不，我负责所有房间。晚上一个人要看护六十个人。”马里奥随口答道。

“一个人能行吗？”如果几个人同时出状况，该怎么办呢？未来不禁想到。

“还行吧。就是特别累。”马里奥耸耸肩。

“嗯……你好像不像别的外国人那样开朗啊。”

“外国人就全是开朗的吗？这是一种错觉。”马里奥噘着嘴说道。

确定下来去处之后，未来来到医院办手续。医生、护士、福利调查员的脸上全都流露出一副太阳花般灿烂的笑容，不一会儿就全都办好了。未来并不期望他们会表现得有多么不舍，但心里想着至少应该有一丝丝遗憾吧，然而并没有。

不过妙子倒是无所谓的样子，平静地坐上了一辆用面包车改装成的护理型出租车。

“老健环境很好呢，奶奶。面积很大，还有复健的设备，电视机也超大。”

“是吗？”和平时相比，妙子今天话有些少，时不时地用右手扶一下额头。或许很久没有像今天这样活动了，有些累了吧。

车开了十五分钟，光养苑到了。院长和护理员马里奥出来迎接，未来按下轮椅的扶手，推着妙子走了进去。

“欢迎您，妙子女士。”员工们热情地表示欢迎。

“麻烦你们了。”虽说只有半年时间，但从今天起就要麻烦他们照顾祖母了。未来深深地鞠躬，心里混杂着一种无法亲自照顾祖母的罪恶感，以及今后与祖母相聚渐少的愧疚感。

他们坐上电梯，去往三层。这里的电梯也都是上了锁的，要用一张专门的IC卡刷一下才能使用，否则是去不了其他楼层的。

六人间里靠窗的一张病床，妙子躺了上去，身形显得有些瘦小。

“奶奶，你没事吧？”未来一边将妙子本就不多的行李放进储物柜里，一边问道。

和医院相比，这里的储物空间更充足一些，应该可以放得下书、CD 机、相册什么的。

“奶奶？”

没有回应。

“奶奶，你怎么了？”

又像是上次的痴呆症，未来心里涌起不安。

“未……来？”妙子终于出声了。

“嗯。奶奶，行李放这里了啊。”

“好……行了，你回去吧。我很喜欢这儿。”

“你会寂寞吗？”

“哈哈哈，你忘记我是长期一个人生活的了吗，人多才烦心呢。”妙子笑了几声，同屋的几个老人都转头向她看过来。

“是吗？能交些朋友也是好事。我抽空再来看你。”未来抑制住心里的不安，走出房间和马里奥打了个招呼，便离开了老健。

有这半年的时间，一定能想出解决的办法。或许能在福冈找到一所差不多的机构，而且父母度过这段紧张时期，也能帮忙了。

未来觉得肩上终于松快了一些。

“噗，啪！”

当晚，未来从桌上码着的啤酒中取了一罐自斟自饮起来，旁边还有两包煮毛豆味和炖肉味的薯片。终于可以一醉方休了。今天这个日子值得庆祝，减肥什么的，以后再说。

未来其实很想和阿透一起喝一杯。只不过自从那次买泳衣的途中取消了旅行之后，他们只在 LINE[1] 上不冷不热地联系着。阿透似乎是说和朋友们一道去野营了，未来很想问问同伴中有没有女孩子，却张不开口。原本就是自己取消了旅行，还有什么资格追问别人呢。

透过小小的窗户，未来看见外面天空上橙色和蓝色相间的夏日的晚霞。

虽然阿透不在身边，但久违的一人独处，感觉也不错。终于

[1] LINE，是韩国互联网集团 NHN 的日本子公司 NHN Japan 推出的一款即时通讯软件。

不需要再担心什么了，不需要在意别人说什么、做什么，只要按着自己的节奏做好自己的事情就好了。想到这里，未来长长地舒了一口气。

“这件事情可算是解决啦。”未来使劲地伸了个懒腰。这时手机响了起来。是经纪人大久保打来的电话。

“真是煞风景……”未来嘟哝了一句，接起电话。

“喂，未来？有一部悬疑剧，演主角女儿的那个演员生病了，临时空出来一个角色，你演吗？”

“演！”未来一下子来了精神，毫不迟疑地回答道。眼下不管什么角色，未来来者不拒。

“那你马上来天王洲。”

“好！”未来挂断电话，跳了起来。

“太好啦！”未来闭上眼睛高高地举起了拳头。真是苦尽甘来啊，幸运之神终于眷顾我啦！

未来用冷水洗了把脸，醒了醒酒，开始化妆。

电话又响了，未来条件反射般地接起来。

“若村未来是吗？”微微带着点口音。像是便利店的小张。未来想可能是小张当班期间身体不舒服了。

“怎么啦？是有人缺勤了吗？抱歉，我今晚有事过不去……”

“说什么哪！我是光养苑的马里奥。妙子女士发作了！”

“什么？”未来不确定自己听到了什么。发作？祖母吗？是在开玩笑吧。

“你快来！这样下去会受伤的。”马里奥在电话那头喊道。未来想起来他说自己一个人要照顾六十个人。

“好，我马上去。”未来听到身后码好的啤酒罐倒掉的声音。她跑着出了房门。

未来赶到时，妙子正蜷缩在房间的角落里，嘴角吐着泡沫。

“奶奶！你怎么了？”未来的话音里带着恐惧。这到底是怎么回事？

房间里黄色的窗帘被撕得粉碎，椅子也杂乱地倒在地上。

“呀啊！”妙子大叫了一声，开始用右手砸椅子，力气大得把椅子的一边都砸歪了。

“妙子女士，快停下！”马里奥远远地喊了一声，却没有上前制止的意思。

“怎么会这样……这该怎么办？”

“你叫她一下！”马里奥提醒道。

“奶奶！”未来大声地喊道。

快点恢复正常吧！未来心想。但是妙子的眼神没有一点变化。

“奶奶，没事啦！我在这儿呢！”

未来的到来并未使妙子从混乱中恢复。她钻进床单下面。

“快藏起来！快藏起来！”妙子大叫着。

“没有人来啊奶奶！你到底怕什么呢？”未来落下泪来。那个自尊心极强的祖母怎么变成了这个样子。

“难道是害怕空袭？是吗？战争已经结束了呀，奶奶！”妙子依旧在床单下面呻吟着、颤抖着。

“怎么办？！”妙子的样子太反常了。未来带着怒意向马里奥问道。

“没办法啊！我们这里不能捆绑病人。”

“捆绑？你们还打算把她绑起来吗？”未来生气地质问道。

“我说了我们不能绑她啊。老健很难办的，只有医院才能捆绑病人。我还没见过这样发疯的病人呢！我们这里入住的都是正常人！”马里奥怒目圆睁，或许平日里的疲惫和委屈都在这一刻爆发了。

“但是在医院的时候一直是正常的……” 未来完全没有预料到会发生这样的事。

妙子又一次尖叫起来时，邻床的老太太眉头紧锁地说道:“真可怕。这么不正常，赶紧带回家吧。”

“开什么玩笑！” 未来愤怒地朝着她喊道。

“你不能这样！她是老人！” 马里奥似乎是在袒护邻床的老太太。

“……抱歉。”未来低了低头。

妙子还在床单下抽泣。直到护士和院长过来，给妙子注射了镇静剂，她才终于平静下来。

“这样让我们很为难啊。还是尽快出院吧。”院长不容置疑地说道。

“可是……”

“会干扰其他病人的。您祖母应该去医院接受对症的治疗。”院长的语气十分坚定。

“……”

才刚刚被医院赶出来。怎么办呢？未来望着如此折腾了一番，在药物的作用下方才入睡的妙子。

“夜还很长呢。”马里奥似乎疲惫不堪，深深地叹了一口气，走出房门。

“怎么不老老实实待着呢……为了把你送进来，你知道我费了多少心思吗？这下怎么办？”未来嘟囔道。

妙子睁开眼。

“奈保，你说什么呢？”

“咦……你说什么？我是未来啊。”妙子直直地盯着未来。

“你是谁？”妙子问道。

“啊？”

妙子已经认不出未来了。

10

CHAPTER

“爸爸！你能至少有一次像个父亲的样子吗！”

“是腔隙性脑梗塞引起的谵妄综合征。”老健附属医院的医生手里举着刚拍好的 X 光片和 CT 报告，边看边说道。早前在医院拍的几张 X 光片也已经送过来了。

“您说的这是什么意思？”未来问道。

“是脑梗塞的一种，大脑里的小血管堵塞了。如果堵塞部位多发的话就会引起谵妄综合征，也可以称为痴呆症。不过跟阿尔茨海默病引起的痴呆症还不太一样。”

“……所以这是病因吗？”

“可能也跟环境急剧变化有关。这种情况最好还是去疗养医院一类的机构。”医生关掉了 X 光片观察灯。

“疗养医院？在那儿能治好吗？”未来有点儿疑惑。

“应该可以，得是有精神科的医院。在那里面病人即使发作起来也有办法应对。”

“是说……把人绑起来吗？”未来想起马里奥说过的“只有医院能绑起来”。也许是像监狱里那样，还安装了栅栏的。

“因为病人一旦发作起来，不光对周围的人有危险，也会伤害到他们自己。另外在那儿还可以接受药物治疗。”

“不行……我不能让我祖母被绑着关起来。她和我们是一样的人啊。”未来反对道。

“你说的是正常情况下。现在这种状况是不适合留在老健的。或者，你自己能照顾她吗？”

“我……”未来一时语塞。

“尽快找到去处再跟我们联络吧。”

又要被撵走一次。未来的肩上又变得沉重起来。

变老真是一件残酷的事情。

再怎么厉害的人物，一旦上了年纪便尊严尽失，被当作一个多余的皮球一样踢来踢去。这比死亡更令人心生畏惧。

想去天堂并非易事。

从医生办公室出来，未来打开手机的留言信箱，有几条是大久保发来的，语气怒不可遏。眼前这种情形，哪里还能顾得上工作呢。

未来感到自己快被逼到极限了。

在夜班公交的狭小座位上蜷缩了十四个小时，未来终于在早上七点到了博多站。再往南去一点，就是未来的老家春日市。

从博多换乘公交，回到了离开已久的家里。工厂和家建在一处。和未来离家时相比，房子更显破旧了。

未来向工厂里望去，看见父亲穿着脏兮兮的工作服，正在操作冲压机。金属撞击的噪声有些刺耳。

未来走进紧挨着工厂的正房。

她推开房门，脱下鞋走了进去，一楼没有人。上到二楼，未来看到自己的房间还保持着原来的样子，床上放着一个深绿色的背包。又去了旁边的卧室，终于看到一个穿着茶色毛衣的背影。

只要跟父母当面谈谈，一定能说服他们照管祖母的。

“妈，我有事跟你说。”

“未来？你回来了？”小桌上摊开着一堆文件。母亲诧异地转过头来。

“昨天电话里说了，奶奶病情加重得了痴呆症，发作起来没办法再待在老健了。”

“哦。”母亲随意应了一声，又拿起印章盖在文件上，合上印泥。

“听见我说的话了吗！”

“别烦我，忙着呢。”母亲不耐烦道。

“你能忙什么。”

未来看到母亲手里拿着的文件，上面写着“赠予协议”。赠予人一栏写着“若村妙子”，受赠人则是“若村奈保”，金额处写的是七十万日元。

“不是吧。赠予七十万？”

“你别管。这就是一份协议。”母亲头也不抬地说道。

“那是奶奶的印章吗？怎么在你这儿？”母亲手里握着一枚精致的印章，上面刻着祖母的名字。

“她不是痴呆了吗？财产继承不得赶紧想办法嘛。”

“我都说了，不是普通的痴呆症，是腔隙性脑梗塞引起的，能治好的。好好做复健的话瘫痪也能恢复。你这是要干什么？”

未来怒不可遏。

“以前让我们受了那么多罪，现在也该她出出血了。大人的事你别管！”母亲把协议书装进文件袋里。

“奶奶现在只能去自费的养老院了，正是需要用钱的时候。”

“就送进医生说的那种精神病院得了。我认识的朋友家里有老人出现痴呆症状的时候就送那里了，据说省心多了。”

“你知道那种医院什么样吗？房间里没窗户，还装着铁栅栏，把病人关在里面天天灌药，可不就老老实实地待着了嘛。”

“没办法，谁让她生病了，自作自受。”

“奶奶也是一个人啊，又不是什么动物。”

奈保唉了一声。

“当初干脆一点死了倒好了。像金鱼屎一样黏着我们不放，真够累的。”母亲说道。

“奶奶也是自家人吧。”

“那你自己管她好了。”母亲似乎觉得对话已经结束了，她站起身来。

“对了，你回来得正好，那人的房子我已经退租了，你去把东西收拾收拾，这个月底得把房子腾出来。有什么你想要的你就自己拿走吧。钥匙在房东那儿。”

“等一下！你这么做，奶奶连自己的家都没了！”未来心里的愤怒终于爆发了。阿猫阿狗都有自己的窝，奶奶却要被母亲从自己的住处赶出来了。欺人太甚！

“护理级别不是五级吗？回不来了。找个地方送进去吧。”

“我都说了现在没有地方可去。一发作起来，老健那边也没有办法照顾她。”未来感到绝望。

“这我可不懂。我们每天忙得累死累活的，就你一个人闲着没事干，那你自己把你奶奶照顾好吧。”

“我也有我的事要做啊。现在已经有很多计划被打乱了。”自从祖母出现之后，自己的生活已经变得一团糟了，不光和阿透的交往受到了影响，工作也完全不在状态。

“那要不别管啦？现在住的那地方也不会把她扔出来，你别接他们的电话就行了。”母亲说道。

“真不敢相信你会这么说……能这么办事吗？我去跟我爸说。”

“你尽管去。不过，我说你什么时候跟你奶奶这么亲了？”

“要你管！哪儿就亲了。”未来“噔噔噔”地下了楼梯。面对冷漠无情的母亲，未来心里满是愤怒。她埋怨自己的天真，竟然以为母亲多少还是有些担心祖母的。

从正房出来走进工厂，恰好父亲也到了休息时间，正在洗手。

“爸，我有事跟你说。”

“你妈在吧？”父亲瞟了未来一眼。

“和她说不通，她看起来一点也不想管奶奶的事。”

“是吗……”父亲点了一支烟。烟雾飘过来，未来抬手挡了挡。

“你得想想办法，她可是你的亲生母亲。”未来说道。

“可是我们手里没钱，得工作，走不开。”

“你也这么说。我知道了，你还是怕我妈说你吧。”父亲没有回答。面对强势的妻子，他总是敢怒不敢言。

“你怎么一直都是这样？还是男人吗？你准备就这样见死不救吗？”看到父亲这个样子。未来越发地生气。

“你奶奶自己也有心理准备吧。”

“说的什么话……奶奶得了痴呆症，现在什么都不知道了，能有什么心理准备！”

父亲把烟按在烟灰缸里熄灭，像是逃避似的，又向工厂里走去。

“爸爸！你能至少有一次像个父亲的样子吗！”未来喊了一声，父亲却没有回头。

11

CHAPTER

“轮到我来守护你了，奶奶。”

从家附近的车站坐上电车，大概十分钟左右，就到了妙子的住处。那是一座两层的公寓，院子里杂草丛生，看上去很久没人打理了。

铁制楼梯上刷的油漆已经剥落了，未来顺着楼梯上到二层，找到 205 室。

她拿出从房东那里借来的钥匙，打开门。

“哎，什么情况？”

房间里空荡荡的，几乎没有什么家具，也没有电视，没有收音机。不是有钱人家吗，难道钱都已经花光了？没想到祖母住在这样一个地方。厨房里也是一样，只看见液化气炉上放着一只砂锅，看来连电饭煲都没有。餐具柜里有几个大小不一的碟子和汤碗，几个水杯、茶杯，筷子和勺子，还有两只饭碗。其中一只特别小，碗外面还印着动画片里的人物。也许是为附近的孩子来家里玩儿时准备的吧。

房间格局和未来的住处有些相似，厨房里侧是一个六张榻榻米大小的日式房间。壁柜上方左右各有一个抽屉，其中一个抽屉是拉开的。一定是母亲从抽屉里拿走了存折和印章。

未来打开壁柜，开始整理东西。应该从哪儿找几个纸箱过来。

衣服邮到东京就可以了。不管最后去哪家机构，换季的衣服总还是需要的。其他的东西暂且先放在自己老家的房间吧。那个房间现在还保留着原来的样子，倒不是因为父母在意自己的女儿，只是因为收拾起来麻烦罢了。

正在整理信箱里的邮件和广告宣传单时，门铃响了。

“谁啊？”推门一看，眼前站着一位穿着西装，模样正派的男子。

“打扰了，请问若村妙子女士在家吗？”

“我祖母住院了……”

“啊？怎……怎么回事！妙子女士住院了！怎么会……”男子话音高亢，倒把未来吓了一跳。

“抱歉，您是哪位？”

“喔，失礼了。我是春日信用社的水谷，一直承蒙妙子女士关照。”水谷递给未来一张名片。原来是信用社的人啊，怪不得看上去有点谨慎、古板。

“抱歉，您是她孙女吗？”水谷问道。

“是的。”

“这样啊，原来您就是……”水谷盯着未来，脸上的表情十分感慨。

“您今天来是有什么事吗？”

“是因为妙子女士的账户交易有点不正常，所以想过来看看。”

“不正常？”

“嗯……”水谷欲言又止。或许是因为这些情况只能告诉开户者本人吧。

“冒昧问您一句，妙子女士是要搬家了吗？”水谷望着扎成一捆的杂志说道。

“要从这间公寓搬走了……可能以后也不会回来了。”

“啊？”

“嗯，上个月祖母突发脑出血病倒了，现在住在护理机构。

最近一段时间恐怕都没办法和人正常交谈了。”话一出口，未来又一次切实地感受到了祖母病重的程度。祖母再也无法维持正常生活了。

听完未来的话，水谷脸上的表情有了变化。

“奇怪……”水谷小声嘀咕了一句。

“要不您进来喝杯茶吧？正好跟您谈谈以后的事情。”未来说道。

“那我就不客气了，打扰您了……”水谷脱了鞋进了门，未来向厨房走去，祖母如果在的话，一定会给他泡一壶茶的。

“发生这样的事，这段时间您一定也很辛苦吧。”水谷端起未来倒的茶喝了一口说道。

“祖母现在身体动不了，在东京也只有我一个人照顾她。”

“幸好有您帮忙安排，送到护理机构里，真是不幸中的万幸啊……”水谷感叹道。

“不过还是有一大堆问题要处理。老健想让搬出来，又没别的地方可去，真不知道该怎么办。”

“果然如此，我们很多客户也是因为特护没有床位而烦恼不已。”水谷说道。

“是吧……护理级别五级的病人，没有设备的话是护理不了的。国家从来不为我们老百姓考虑。”

“妙子女士的护理级别是五级吗？”

“是的。”

片刻间两人都陷入了深深的沉默中。

“对了，祖母的房间里怎么什么都没有啊。我以为她家里很豪华的。”

“她从年轻的时候一直到现在，吃了很多苦……”

“什么？不是过得悠闲自在吗？”未来一脸疑惑。

“没有的事。她一直生活得很简朴，从不浪费。”水谷使劲地摇了摇头。

“但是我妈一直抱怨说，我祖母很有钱却不肯把钱借给我们……”

“绝对不可能。”

“啊？怎么回事？”

“那个……”水谷停了下来，拿起手帕擦拭额角的汗。

“请您告诉我！现在是我在照顾祖母，我想对祖母了解得更多一点。”

“嗯……妙子女士一直对我很好，所以我就告诉您吧。”

“嗯！”

“请您不要告诉别人。其实妙子女士一直在给她儿子儿媳收拾烂摊子。她拖着自己柔弱的身体拼命挣钱，给她儿子的工厂填补亏损，还帮他们筹备维持工厂正常运转需要的资金。”

“嗯？和我听说过的完全不一样。”这和母亲说的正好相反。

“妙子女士一个人带大孩子，她说她一直对儿子有愧疚感，所以他小的时候，妙子女士会给他很多零花钱，就是不想让他受苦。她自己却像个男人一样去工作挣钱，还下过煤矿，天天弄得一身黑。”

“煤矿？”未来惊呆了。

“儿子上中学时，她把他寄养在亲戚家里，一个人去东京挣钱。她说她甚至还曾做过一些不是那么光彩的工作。”

“说起来，我父亲就是因为祖母把自己扔下，去了东京，所以一直怨恨祖母。”未来说道。

“那时候，一个女人要把孩子养大，可不是件容易的事。亲戚家里也穷，她是没办法才去了东京。之后一直从东京给他们寄钱，才没有让儿子的童年留下贫穷的记忆。可是不知怎么的，正人先生在上学时迷上了赌博，怎么也改不掉，玩儿麻将总是输钱。后来用妙子女士挣来的钱开了工厂，一开始泡沫经济，工厂运转得还不错，不过他们花钱大手大脚的，工厂很快就不行了。”

“不是吧……”不过未来已经回忆起来了。那时候父亲偶尔带她出去，大抵都是去玩老虎机[1]。

“太太也似乎很喜欢社长夫人这个头衔，刷信用卡买了很多奢侈品牌包和化妆品，唉……正人先生还不起信用卡时，只能跑到妙子女士那里哭。”

“我母亲说，祖母很小气，从来没帮助过我们……”

“说她小气吗？她把自己的生命保险退保了，把当日本传统舞老师时穿的和服也卖了，还把老公留下来的遗产也全给了他们。所以这个房间里才什么都没有啊。年过花甲的人了，还要为了儿子低头求人，四处筹钱，那样子让人看了心里难过。可是妙子女士的钱用光以后，太太却翻脸不认人了……”水谷心里对妙子的儿子儿媳的不满再也抑制不住了。

[1]老虎机，是一种用零钱赌博的机器，因为筹码上面有老虎图案而得名。

“她常常对我说，她养育孩子的方式是错的，不应该过于溺爱，而应该对他严厉一些，让他学会自立。”

听到这里，未来想起祖母在东京时说话总是那样不留余地。

“把自己的真实心情都说出来了，这样可当不成女演员。能把自己心里没有的台词说出来才是真本事。喜欢能说成不喜欢，不喜欢能说成喜欢。”

“水谷先生，刚才您说的账户交易有点不正常是什么意思？”

“哦，最近妙子女士账户里的存款被取出来一大半儿。那笔钱是妙子女士给自己的丧礼预备的钱……她说她死的时候不想给任何人添麻烦。”

“是我母亲。”

“啊？”

“是我母亲自作主张把钱取走了。”那七十万果然是祖母的钱，妈妈这是盗窃，未来心想。

“这样啊。如果是家里人的话，那就没办法了。”

“我去跟她说。一定要把钱还回去。”未来决然地说道。

水谷离开后，未来仔细地将沐浴在火红色晚霞中的屋子打扫干净。这间房里不像自己的住处那样杂乱，不到三十分钟，已经收拾好了。

“奶奶，没想到你受了那么多苦……”

祖母却从不将这些苦处示人，总是把后背挺得笔直。

未来细细地擦拭壁柜时，发现顶柜里放着一个刷了漆的小箱子。

擦去灰尘，打开箱子看到里面都是《老年人智能手机入门》《偶像年鉴》《即将横空出世？！女演员预备队 1000 人》之类日期比较近的 Mook[1]。

“什么啊这都是？”

未来打开下面的箱子，发现里面放的是自己小时候送给祖母的几个礼物。

有一张“万事券”，上面写着“无论什么事情我都会做的！”落款是未来。这张“万事券”被郑重地装在一个透明塑料袋里。还有未来小时候画的妙子肖像画，以及修学旅行时买回来的不值钱的钥匙圈。

---

[1]Mook，是一个“英日混血”的组合单词，即将杂志（Magazine）和书籍（Book）合在一起，成为独具魅力的“杂志书”。

最底部有一本日记。未来打开翻了翻，里面隔几页就贴着一张未来小时候的照片。

第一张照片旁有一行工整的小字：“孙女出生啦！”

翻到下一页，贴着一张栗羊羹的包装纸，旁边写着：“未来喜欢吃栗羊羹。哭的时候一看到栗羊羹，马上就不哭了。未来每周日会过来。”

“是吗？我小时候就喜欢吃栗羊羹啊。”

未来忽然像意识到什么一样，向厨房走去。

她打开餐具柜的玻璃门，拿出那只给孩子用的小碗，捧在手里。小碗外侧印着的图案，是十几年前的一部动画片里的人物。

“这个碗，是我的……”未来捧着小碗的手有些颤抖。

未来喜欢看暑假里每天上午演的那部动画片。那时候祖母的家是一栋木结构的房子，每天她们一起边吃西瓜边看动画片，然后用这只小碗和祖母一起吃午饭。这只碗，是祖母买给未来的。

接着往后翻，未来的记忆像奔涌的泉水一般重现了。

祖母带着未来去游泳时做了三角形的饭团。福冈大部分人家的饭团都是草袋形的，三角形很少见。未来很喜欢那个放了盐的三角形饭团。

春天，两人去了花田，在花田里漫步，还做了花环。未来把做得好看的那个戴在祖母头上，祖母满心欢喜地笑了。日记本里夹着一片已经褪色的紫云英花瓣。

小时候，父母对未来全然不在意，未来唯一的庇护所就是祖母这里。

“奶奶，我来啦！”

“未来来啦！”

未来边喊边跑进房里，祖母总是张开手臂，用一个大大的拥抱，无条件地接纳未来。

再往后翻，日记本里的照片一幅幅地记录了未来的成长足迹。

有小学运动会和郊游的照片，还有和祖母一起吃饭的照片，照片里的未来笑得十分开心。

怎么会把这么重要的事情全都忘了呢？

祖母带着未来去澡堂，给未来洗头洗澡的那些日子。未来没忍住在浴池里小便之后，祖母不停地鞠躬向大家道歉。祖母误把护发素当成洗发水抹在头上，嘴里还嘟囔着“怎么一点都不起泡”。洗完澡之后两人一边喝着水果味的牛奶，一边在回家的路上赏月。那些日子里，未来的笑是发自内心的。

长大后才会明白，那样不计回报又单纯的因为爱而付出的情感，是多么可贵。

曾经被无条件接纳过的人，是不会走上歪路的。未来一直没有堕落下去，或许正是因为祖母曾经完整地接纳了自己。也许高中时话剧社的同学们也看到了祖母在自己心里留下来的善良和温柔。

“奶奶……”未来的声音带着哽咽。

又翻开一页，上面写着：“正人他们好像又吵架了。这样下去，未来心里该多孤单。”

“奶奶……”

这之后没有照片了。下一页上写着：“最近未来不怎么来了。未来你还好吧？奶奶想你了。”

“不是的，奶奶！是妈妈说的……她说你不要我们了……”

再之后就没有几页了。翻到日记的最后一页，似乎是最近刚写的。

“最近头疼得厉害，身体怕是不行了。最后去看一次未来吧。”

“骗人……根本不是去参加同学会！”未来眼里已满是泪水。

原来这世上一直有一个人在意着自己，这个人就是祖母。

未来进了家门，一脚踢翻厨房的餐桌。

“骗子！”

“干什么呢你！给我住手。”正躺在沙发上的母亲怒目圆睁。

“把奶奶的钱还回去！小偷！”未来毫不示弱。

“那本来就是我们的钱，反正迟早是要给我们的，早点取了还不用缴继承税了。”

“你们一直在跟奶奶要钱,还撒谎,说什么奶奶从没帮过我们。就因为你，我都不去奶奶那儿了。”未来越想越心疼。

“你从哪儿听来的？”母亲的表情带着心虚。

“我说对了吧。无耻！我要告诉街坊们，这家人对奶奶见死不救，还谋夺遗产。”

“你敢这么说？”母亲话音中透出杀气。

“我就敢。我还要报警。没有奶奶的同意，你取钱就是盗窃。不想让我这么做的话马上把钱还回去。奶奶去养老院要用。”

“钱已经没了。”母亲面无惧色。

“不可能！那份协议上明明写了七十万日元。”

“已经拿去还债了。贷款办了分期也没少交多少，还是一下子还清了痛快。”

“你们干吗又贷款？利息越滚越高，永远也还不上！”未来无语了。

“反正钱是没了。你可以回东京了吧？”

“那是什么？”未来看到客厅角落里有一个商场的购物袋，看着像是附近那家大型商场卡尔纳城的购物袋。

未来打开袋子一看，里面是一个看着十分高档的包。

“这难道是……”

“还给我！”母亲吼道。

母亲伸手想把包抢过去，未来一下子把手抽走了。

“我要去退货。”

“不要啊，未来。我好不容易才买到。”母亲死拽着包不放。

“这笔钱是奶奶留着给自己的丧礼用的，说是不想给别人添麻烦。你就拿奶奶的钱买这么个破包！你有病吧！”

“丧礼没必要办吧，反正也是一个人生活，送到火葬场烧了就行，花不了几个钱。”母亲想都不想就脱口而出。

“闭上你的臭嘴！”未来情绪激动，就在她要朝母亲扑过去时，有人从后面摁住了她的肩膀。母亲趁机一把将包抢了过去。

“未来，别闹了。”站在身后的是父亲。

“奶奶需要这笔钱！”未来眼圈红红的。

“不行，即使有了这七十万，也去不起自费的养老院。”

“什么？”未来诧异地看着父亲。

“预付款太高了，每个月要交的费用也不是小数目。”

“爸爸你问过了？”未来想果然还是骨肉至亲。

“嗯，大概问了问，我们家绝对付不起，也不能接她回来。放弃吧。”

“难道就不管了吗？你们怎么这么冷漠？那可是你的亲生母亲。”未来有些不解。

“我和你奶奶去年已经断绝母子关系了。”

“什么？”

“她说跟我断绝关系，不再是母子了。所以你也别闹了。爸爸也受了很大的伤害。”

“等等，那肯定是奶奶想让你自立才那么说的。”未来急忙说道。

“爸爸也努力过的，是她不要我了，要跟我断绝往来……”

“还不是因为她也没钱了，之前一直在帮你们，要不然她一个人生活，怎么会只存下七十万？”未来气急败坏地说道。

“我们也没钱了。去特护什么的还行，自费养老院那是有钱人才能去的地方吧。我们没那个钱，放弃吧。”父亲走进客厅，坐在小桌旁，拿起一大瓶酒倒了一杯，一口气喝了下去。

电视一直开着，正在播一部低劣的言情剧，主角是一个由模特转行的新人女演员。

母亲不知何时已经没了踪影，连同那个包。

再待在这里已经没有任何意义。

从博多坐上新干线，晚上十一点终于到达品川站。车一停下，未来就跑了出来。自动扶梯上站满了人，她跑着上了楼梯。

她急着想见到祖母。

她有话要说：

“你一直在等我可我都没去，对不起，奶奶。”

“你刚到东京时，对你那么冷漠，对不起，奶奶。”

“其实我好喜欢你的，奶奶。”

未来打了车来到光养苑，车刚停稳，她便急匆匆地跑进玄关。

一进房间，妙子正在发作，她被马里奥和院长按着不能动弹，嘴里呻吟着，眼里流着泪。

“住手！你们弄疼她了知道吗？！”未来冲着他们喊道。

“她发作了，我们也没办法啊！”

“真是的，病成这样还送来我们这里。请你们赶快出院吧！”

两人似乎都在责怪祖母。可是祖母并没做错什么。她一直努力、善良地活着。

“闭嘴！”未来大吼一声。从出生到现在，未来还没有像现在这样气愤过。

“她是我的奶奶呀！是那个一直一直在疼爱我的奶奶呀！”未来紧紧地抱住妙子。好温暖。这样温柔的怀抱，和小时候一模一样。

“奶奶，这次轮到我来照顾你了。即便谁都不要你了，我也绝对不会把你丢下的！”在未来怀里，妙子渐渐平静了下来。

“奶奶,我们回家。”未来用尽全身力气,背着妙子离开了老健。有员工来阻止时，听到未来说“我们要回家，别拦着我”，就把电梯的锁打开，让她们走了。除此之外没有人再来挽留。随他们吧，毕竟除了祖母以外病房里还有五十九个老人呢。

外面下着小雨。

在公交车亭里避雨时，未来拦了一辆出租车直接回到自己的住所。

到家后，未来把妙子安置在床上，发现她在微微发抖。

“奶奶，您冷吗？”未来拿起毛巾帮妙子擦干被雨水打湿的头发。

她又煮了热粥，不过妙子只喝了一点点就把嘴闭上了。还是累了吧。妙子的衣服皱皱巴巴地裹在身上。未来帮她整理时，无意间看到她后背上的红色斑点。

“这是什么？”

她把衣服卷起来，赫然发现妙子的后背上长满了褥疮。一定是因为她只能以一个姿势躺在床上，后背的皮肤受损了。看来需要一点一点地帮她翻身，仅靠她自己是做不到的。

未来想帮妙子洗个澡，只是她这里只有一个狭小的简易浴盆，没有自动洗浴设备，怕是洗不成。

“吃饭和洗澡都是问题。该怎么办才好……”未来无计可施地望向妙子，却发现妙子不知何时失禁了。

“啊……”妙子的表情看上去有些难受。

“没事的，奶奶。是时候用那个啦。”未来从桌上的包里拿出那张“万事券”，放在妙子眼前。

“看，无论什么事情我都会做的。”未来从行李中取出成人纸尿裤帮妙子换上，把床单换下来，铺了一条毛巾。

“轮到我来守护你了，奶奶。”未来安顿妙子睡下，拿起手机埋头查起了资料。

12

CHAPTER

“你这么个高高在上的人，现在也这样堕落，让人看着真解气啊！”

“绿色花园”是开在笹家的一家自费养老院。妙子坐在临时借来的轮椅上，好奇地打量着周围。

“抱歉，我祖母得了痴呆症，有时发作起来会变得暴躁，没关系吧？”未来忧心忡忡地问道。

“放心吧。我们这里提供全面护理服务，这一类病人也完全没问题。”工作人员回答得十分干脆。看来只要多交钱，想要的服务都会有的。

“绿色花园”不需要排队等待，当天即可入住。

“拜托了！”未来鞠了一躬，离开了养老院。

这家养老院在入住时一次性要交两百万日元。之后每个月再交三十万。

昨天加上今天，未来把自己所有的信用卡能取现的额度全都用上了，又从车站附近的小贷款公司贷了一笔款，才把初期费用凑齐。

“好了，该走了。”未来上了公交车。今天要开始一份新的工作了。

太阳落山时，未来从西武新宿站下车，向城市酒店走去。

“客人都是有素质的人。”经纪人大久保打了包票。

走进酒店大厅，未来站在楼层导引图前假装看图，抬眼看了看时间。

还有十五分钟。

昨晚在网上查了一整晚，也没查到有什么高薪工作是没有学历、没有技能的自己能做的。

今天一早去了事务所，对大久保说要做那份兼职时，大久保顿时两眼冒光，又用猥琐的眼神看着未来，仿佛在说：“你也有求着我的时候啊。”

从那一刻开始,未来就变成了一件可以用金钱交易的性用品。

1506 号房间里，客人已经先到了。虽然大久保向她保证过，客人是有素质的人，但未来心想，会用钱买女人的人，恐怕素质也不怎么样吧。不过说起来自己更是身无长物。

客人是一位干净利落的中年男人，仿佛习惯了居高临下地看人。未来直觉他像一名医生或者老师。

她脱下外衣，露出客人指定的私立高中校服。真幼稚，也真难看，未来心里冒出一阵寒意。再往前一步，就会去往一个至今为止从未踏足过的境地。

祖母也曾面临同样的情境。独自被送去一个陌生的地方，心中充满不安，狂躁也是正常的。

“不需要脱掉贴身内衣，也不会有性行为。”这是最后的底线，看来大久保信守承诺了。

在客人的注视下，未来怯怯地解开胸前的红色蝴蝶结，脱下胸罩。

这样一来，贴身的内衣看上去就成了两个极小的布片，身体曲线全部暴露了出来。顾客给的贴身内衣应该说只是两个扣子。这比全裸还要让人难为情。

“怎么了？”看未来解开百褶裙扣子的手停了下来，客人斜眼看着未来问道。

“哦，害羞了啊。这样更好。”客人笑了，似乎更开心了。

未来深深吸了一口气，脱下裙子。

她心想，这一刻开始，我就变成一件交易品了。站在这里的这个人，已经不再是我自己了。

这样想着，未来暂且把自己的灵魂关了起来。

一小时后，未来坐进停在酒店门前的一辆黑色面包车里。司机戴着一副浅色墨镜，没有说话。

司机座的后面有两排座位，椅背上装了小电视。电视里正在播放一名娱记在海边别墅里的采访，他和一位杂志明星正一边谈笑一边吃着荞麦面。

未来用遥控把音量调高。克制不住的呜咽声低低地传了出来。

大久保说你不会少一两肉的。然而被客人轻薄时未来感到自己的身体里有什么东西在一点一点地失去。这份工作是要把自己当成一个奴隶，向别人奉上自己最为珍贵的东西。

未来心里痛苦极了。一直认为自己身上没有任何可取之处，直到被人凌辱时才发现了自己那弱小的、可怜的自尊心。

“对不起，阿透。”

未来的眼泪唰地流了下来，她开始懊悔，应该为了阿透珍视自己的身体才是。

这样屈辱的记忆，恐怕以后再也无法消去了。

父母虽然让人厌恶，可是现在，也许自己更加面目可憎。

“咦，什么情况，你也来啦？”未来循声望去，明子也上了车。

“明子？”

“怎么回事啊你，不是说绝对不做这种秘密兼职的吗？”明子抽出一支细细的烟点上。

“暂时的啦。”未来用力抹了一把眼泪。只要贷的钱一还上，这个工作立马停掉。

“哎哟，别哭啦大姐。这个工作嘛，你就当它是全身按摩好了。客人可都是调查筛选过的，都是有身份的人。有些女的还碰上有钱人摇身一变成了富太太了呢。”明子玩世不恭地笑了。

“我不是你。我一定会成为演员的。”

“连表演课都不上了，还嘴硬。”明子挑了挑眉，从鼻子里喷出一股烟。

“……发生了很多事。”未来赌气似的说道。

“谁还能不遇上点事儿啊，尤其是我们当女演员的。不打起点儿精神，早就被打趴下了。”

“哦，说得倒是没错。”未来笑了一声。和这个傻女人一起待着，气氛完全沉重不起来。这让她想起了她的高中时代。

“还有，大马路上走着的那些普通女孩想做这个还做不上呢。男人不需要那种不够漂亮的、不够吸引人的女人。这个时代，想卖身还得面试呢，我们可是胜出那组。”

未来十分无语。这个傻瓜，哪里胜出了。

不过明子情绪很好，继续说道：“你这种温室小花朵不适合这个工作。在乡下你可能还有点儿人气，一到东京和我们这种高水平的女孩一比,你就是个柴火妞。只能拽住某个男人的脚后跟，使劲找那只水晶鞋。大家可都排着队等着上天堂呢。”

“特护也是这样。”未来失神似的说道。

“啥？”

“没什么。”未来从明子嘴里把烟抢过来，吸了一口，烟一下子充满肺里。高中毕业以后就没再抽过烟了，刚刚这一口让未来觉得心情舒畅了些。

“你遇上什么事了？”明子的眼睛睁得老大。

“遇上好多事。”未来靠在椅背上，闭上了眼睛。

祖母眼下就在天堂的前一站。身为女人一手将孩子带大，孩子成年后还一直在照顾他们。这样的人去世后一定会上天堂吧。然而去世之前却身处地狱。现在的人连死都没有那么容易。特护里面失去了灵魂的老人们排着队踏着步,等待着下一步踏入天堂。或许只有那些拄着金拐杖的有钱人，才能不受苦痛，轻轻松松地等待死亡的到来吧。

“这个哥哥，也太傻了吧。”不知何时明子已经换了台，正在看一部动画片。是《萤火虫之墓》。未来想起来，快到停战纪念日了。

电视里，哥哥带着妹妹离开了家。

“哪里傻了，他一直照顾妹妹，是个好哥哥。”

“哎,他太自以为是了吧。忍着点委屈在亲戚家里待着就得了，非要任性地离开，结果害死了可怜的妹妹，还做出一副受害者的样子。恶心。”明子恨恨地说道。

“他太相信自己了……”那么自己把祖母从老健带回家，结果会不会也变成了逞强呢？如果下跪请求，应该还是可以把祖母留在那里的。只是未来已经再也无法忍受祖母被当作一个麻烦对待，继续留在那里祖母一定会遭受虐待。

“其实我觉得，客人是来帮助我们的。”明子突兀地说道。

“说什么呢，你当自己是做援交的吗？”

“男人对待自己的性欲很坦诚啊，看看漂亮女孩子，就眼也不眨一下地献上大把金钱。反而是我们在利用他们。短短的一小时就能挣到这么多钱，拿这个钱能上多少课啊。”

“也许你说得对……没想到你也有正经的时候。”看着明子一副一本正经的面孔说起上课的事情，未来不禁笑了。明子平时看着大大咧咧的，原来内心也是想做一个好演员的。

乍一听，明子的话似乎是在安慰未来。

然而没过几秒钟，明子的几句话一下子让未来的心情跌入谷底。

“不过未来你这么个高高在上的人，现在也这样堕落，哭得脸都花了。让人看着真解气啊！”明子放声大笑。

“你闭嘴！”未来一把揪住明子，两人又像往常一样扭打起来。

就在未来扯住明子头发的时候，“住手！”从驾驶座传来一声雄浑有力，带着关西口音的喝止声。两人几乎同时停了下来。

事务所委任的专门负责接送隐秘兼职的司机果然是有些气势的。未来压抑着心里的怒火，和明子安静地坐在座位上，相互狠狠地瞪着对方。

回去时，未来顺路去了便利店，拿了个饭团走到收银台前。

“若村？你这个样子，出什么事了吗？”小张吃惊地问道。

“换了一个挣钱更多的兼职。”

“哇，喝酒了……”小张闻到未来身上的酒气。

“快点收钱吧。”

“你等一下。”小张跑去后院，回来时手里多了一份炒乌冬面。

“给，你爱吃的。是过期的，不收钱。”

“……谢谢。”未来盯着那盒炒乌冬面。

这个平静美好的世界，我已经回不来了。

转天又是一次隐秘兼职。

未来来到了城市酒店，等着电梯。

“能不能取消呢。”未来怎么也提不起精神来。她不想背叛阿透，不想把自己的身体给别的男人看。

可是贷款该怎么办？没钱交住院费，祖母会不会再一次被赶出来？

接下来的八十分钟，就当自己死了。

如果能像明子一样洒脱，该有多好。

未来决心做一个没有灵魂的机器人。她按下房间的门铃。

但是没人回应。未来小心翼翼地走进房间。客人躺在床上睡着了。灯全都没开，只有电视开着。

“看电视看得睡着了？”未来微微地松了一口气。

然而电视里一个熟悉的声音传来，未来不禁一惊。

电视里播放的正是自己在事务所拍的宣传短片。

“看上去很瘦，真人还挺丰满的呢，未来小姐。”

“咦？”

未来以为睡着了的那位客人，正坐在床上。

“今天能真正地欣赏到未来小姐的身体了。”

未来想从这间房里逃出去。

这位客人身上透着一股阴森森的感觉，让人联想到深海鱼。

这份隐秘工作只服务于一些身家不菲的客人。他应该也是个有地位的人，然而未来怎么也抑制不住一种生理上的厌恶感。

“我喜欢一边放视频，一边看视频里的女孩子在我眼前脱光衣服。”男子舔着嘴唇说道。

看来东京果然有很多变态。

未来拼命地去想祖母的事。要治好褥疮，需要买自动洗浴设备。还需要喂饭。要买纸尿裤，买轮椅。左半身还需要复健。凭着未来一己之力，这些事情是办不到的。无论如何得住在专业机构里。

“好吧。”未来利落地脱下衣服。就当自己在饰演一个妓女吧。很多有名的女演员也是一脱成名的。幸好眼前只有一名客人，没有其他人。

客人也脱掉了衣服。浓密的体毛让他的身体看上去发黑。

想到要被这个男人触摸，未来不禁感到一阵寒意。

“眼前这个不是男人，是二十万日元。”未来拼命提醒自己把他看作金钱的化身。

“我的体毛很密，蚊子都不咬我。知道为什么吗，因为蚊子一靠近，就被我的毛缠住了。”男子说完，哧哧地笑了起来。

“恶心。”未来心想着，身上的汗毛都竖起来了。

“低头。”客人用命令的口气说道。

未来照做了。今天穿的花边泳衣是事务所准备的，正是视频里穿的那件。

不过男子似乎无意触摸未来。这样最好。虽然被看已是一件难堪的事，却总好过被摸。

“接下来转几个圈。”未来有些不情愿地转了起来。或许他就是喜欢看一看吧。听说有些男人，人到中年还保留着童子身，他们不敢触摸女性的身体。

正在转圈时，立在沙发上的一个皮包倒了。有光线从包的缝隙里漏出来。那是什么？

未来想着先把包放回原位，男子却生气地喊道：“别动那个！”

“啊，对不起。”未来刚把手拿开，包开了个口，只见里面放着一台小型摄像机。

“……你在录像！”未来惊恐道。

从缝隙里漏出来的那道光，正是由液晶屏幕发出来的。

未来一怒之下将摄像机砸在墙上，狠狠地瞪着那名男子。

13

CHAPTER

“你没有自尊心吗？”

“未来，你惹麻烦了……”翌日，未来来到事务所，大久保走过来，板着面孔说道。

“是因为他在录像啊，这怎么可以。”

“可再怎么说他都是我们的贵客啊。算了，你先好好道个歉吧。”

“以后别再让我见到他。”未来甩下这句话，头也不回地向健身房走去。

舒展身体时，未来暗暗思忖着，要不不做了吧。

这个念头越来越强烈。然而钱怎么办？事务所里有些做隐秘兼职的女孩子甚至还卖身，这绝对不行。如果能卖个肾什么的，倒是可以。

周末，未来来到“绿色花园”。

工作人员带着未来来到一层一个光线很好的房间，妙子正呆呆地望着院子。

“我来看你了，奶奶！”

“喔……欢迎。”妙子脸上浮起笑容，点了点头。她还是没有认出未来。也许痴呆症又严重了。

“最近没发作吧？”未来向那位看上去十分可靠的工作人员问道。

“新环境似乎已经适应了，一直很平静。之前发作可能是因为突然换了住处。正常人一下子被送到一个完全陌生的地方，也会有些狂躁吧。”

“的确。”作为一家养老机构，这里让人觉得安心。至少工作人员可以用日语无障碍地交流。

“最近妙子女士好像总是拿着一块黏土专心地在捏什么东西。”

妙子的床边放着一块细长方形的黄色黏土，像一个煎鸡蛋。

“这是什么啊奶奶？是陶艺作品吗？”未来把黏土拿在手里端详起来。

“小鲜肉在哪儿？”妙子忽然没头没脑地问了一句。

“欸，小鲜肉？”未来有些诧异，同时又觉得有些好笑。把孙女都给忘了，却还记得小鲜肉的事儿。

“这里有好多小鲜肉呢。我给您化个妆吧。等我一下。”未来拿出 BB 霜给妙子化妆，期间妙子一直安静地待着。

或许这一部分的记忆已经恢复了。

“慢慢来就好。”未来心想着。感觉已经看到了希望的曙光。如果能想起我就好了，哪怕只有十秒钟也好。

“想和奶奶说声对不起。后来没去见您，是我错了，奶奶。我自己一个人也很孤单。”

回去的路上下起了雨。

未来刚回到住处，就看到阿透站在那里。

“阿透！”未来跑到阿透身边，却发现气氛不大对劲。

“这是你吧，未来……我偶然看到的。”阿透把手机屏幕朝向未来，是一个打开的网页，标题写着《做援交的准明星们》，上面的照片正是在城市酒店里身穿暴露泳衣的未来。

“怎么会……啊！SD 卡……”当时把相机摔了，却忘了 SD 卡还在里面。这一定是那个多毛男的报复。

“未来，你不是在便利店工作吗？”

“是在那儿的，但后来没法子……奶奶需要护理……但我绝对没有做援交！”未来觉得自己脚下的地面正在一寸一寸地裂开。她快要站不住了。

“原谅我……我没有别的办法。抱歉……我们不能再在一起了。”阿透的眼神很冷漠，仿佛已经变成一个不相干的人。

“不是那样的！我有苦衷的，是不得已才那样做的！”未来有一肚子这样的话哽在喉咙里，却说不出来。可是阿透生气不是很正常吗？换作自己，也必然会极度失望吧。

“阿透，你不会明白的。发生了一些事，我实在是没办法。”未来小声说道。

“你没有自尊心吗？”

“……”未来心里想着，我当然有的，只是照顾奶奶更重要。

“我没有那么强大，看到这个还能和你在一起。”阿透说着，眼里已经泛起泪光。

“伤到你了，阿透。”未来很难受地在心里默默道。

其实阿透也经历了很多。小时候身体弱没法上学，只能去上特殊学校，那里是专门接收无法正常上学的孩子们的。幸好阿透在那里喜欢上了摄影。

童年经历同样坎坷的阿透，对未来来说既是恋人，也是同伴。

与自己心里的难过相比，伤害了阿透更令未来感到自责。阿透的痛正源自对未来的爱啊。

阿透离开后，未来跌坐在廊檐下。头倚着门的她感到浑身发冷。

一切都完了。

未来想起一句俗语：“不义之财，理无久享”。她心里冒出想死的念头。

可是，如果自己死了，就再没人照顾祖母了。

14

CHAPTER

“这个世界上，无知就是一种错。”

“你这是怎么了，这么消沉。”明子对未来说道。

未来正坐在面包车里一根接一根地抽着烟。

“没事了现在。这个工作被我男朋友发现了。有了这种经历，演员怕是也当不成了。倒不如干脆多加几项服务好了，每次收个五千块。”

“一次五千块？你也太便宜了！”

“可以了。我本来就是个贱女人。”未来眼皮也不抬一下地说道。

“你啊……他发现了，你就说是别人，硬是不承认不就行了嘛。你可是要当演员的人。”

“当不上了。奶奶能住进特护之前，都当不上了……”未来用手捂住了脸。生存所迫，就差去卖身了。

“你是说家里有病人要护理吗？原来是这样。”明子也点燃一支烟。

“哎，我听说别人也有这样的。说是特护排队的人特别多。”

“有一千两百人排队。”未来说着眼泪就掉了下来。这世上根本没有神。

“别哭啦，真拿你没办法。跟你说件事，你肯定想知道。最近有个客人告诉我说，想进特护是有秘诀的。”

“秘诀？”未来把手里的烟在烟灰缸里捻灭，向明子问道。

“你不是想把你奶奶送进特护吗？排队的人肯定很多，但是据说有办法能让排队的顺序靠前。比方说，家里照顾老人的人手不够，并且家里要越穷越好。说白了就是优先接收那些得不到照顾的老人，那种无依无靠的，或者老两口互相照顾的，甚至最好是被家里人虐待的。”明子回答道。

“还有这种说法？”

“这些情况比较紧急，据说排队的顺序能上升一大截呢。”明子认真地说道。

如果这是真的，那么那些需要紧急处理的独居老人就会一个一个地越过祖母，而祖母将永远也轮不到。

“另外，直接拜托议员，据说也特别管用。”明子提议道。

“啊，这不是贿赂吗？真的有人这么做吗？”

“当然有啦。什么也不做干等着，他们才不会理你呢。”明子鼻子里喷出一股烟。

“在这个世界上，无知就是一种错，不懂得利用信息的人是不会获救的。明明游泳圈就在手边上，就是看不到，最后只能被淹死了。”明子慢悠悠地说道。

未来可不就是快被淹死了吗？

一到家，未来马上开始查证明子口中的那些办法。很快，一家社区网站上弹出一个页面，标题写着“我是护理员，您有什么问题需要咨询吗？”从公告栏的介绍来看，未来觉得版主应该真的是一名护理员。

未来输入问题：“有什么方法能使特护的排队顺序提前吗？”

一转眼，版主已经发来回信：“方法很多，不过主要还是走投无路的人优先吧。领低保的、家属累倒的之类。再有就是有关系的，比如认识附属医院的医生之类的。另外新开的特护，第一批入院者不需要排队，不过这类信息只有护理支援[1]才能一手掌握。”

护理支援，说的是各地区的护理支援人员。家属需要通过居家护理支援事务所选定护理机构，不过有时也会出现选不上的情况。

明子说的果然没错。消息闭塞就意味着失败。

“听说还有外国人护理员，他们工作得怎么样？”未来试着问道。

“唉，完全不行。干不了多久就跑了。很多人把日语学得差不多马上就回国了。等他们国家引进日本工厂时，可以当翻译，领高工资。护理员的工作又脏又累，干不下去倒也能理解。不过，更严重的问题是他们和失语老人之间的交流障碍。一开始他们多半找不到什么合适的工作，只能先来护理机构应聘。而那些失语老人已经失去了一项基本的生存能力，他们之间交流起来可以说是困难重重。只是护理机构总是人手不足，所以不管什么样的人

[1] 护理支援，是指在日本专门从事《护理保险法》规定的护理支援工作的人员，他们的主要工作是针对已确定需要护理的高龄人士，就所需的护理服务的内容制订护理计划。

都先招进来再说。结果就是工作往往进展得不顺利，偶尔有干得好的也会因为太累而辞职，反正不愁去处。”

“政府为什么不多建一些特护呢？”未来接着输入了一个问题。

“因为没什么甜头吧。用税金建楼房、体育场、防波堤什么的，还能从承包商那里收到捐款，可是护理机构不一样，建得再多，大家也只是源源不断地把动弹不了的老人送过来，运营商也拿不出捐款。也就是在选举的时候说一说增建的计划，做做样子罢了。其实政治家大多是高收入人群，他们不需要住特护，当然对此不抱什么兴趣。实际上更多的是因为工资低、招不来足够的护理员，所以没法开设更多的特护。”

未来又问了一个一直以来疑惑未消的问题：“机构里的老年人为什么眼睛里都是那样死气沉沉的？”

“他们的眼神不是自己死的，是被杀死的。有不听话的老人，就不许活动，不许运动，什么都不许做，慢慢地将他们的思想抹杀掉。你听说过让老鼠患上抑郁症的实验吗？把老鼠用绳子一圈一圈地绑起来后放置不管，用不了多久老鼠就会患上抑郁症。眼神死气沉沉的大概就是这个原因。和精神科的治疗是一个道理。

肌肉和大脑相继衰退之后，护理级别就会提高，级别越高，护理机构的收入越高，能领到的政府补助金也越多。老人去世的速度加快，护理员工作减轻，甚至连家属也觉得是一种解脱。老人想说什么也没人在意，不让他们做复健，不给他们按时吃饭，故意折磨他们，没几天就都老老实实的了。他们要是发作起来，力气出人意料地大，所以最好还是都变成玩偶一样。”

15

CHAPTER

“这种事，我还是不能做。”

“麻烦您帮我办一下转入申请。”未来决定将祖母的居民卡转入自己的住处，两人开始在一处生活，她已经向福冈那边的政府邮寄了转出申请。

“啊，是你啊……”许久未见的小西女士脸上露出意外的神情。

“你要自己护理吗？”

“是的。虽然地方小了点，但我还是决定自己照顾祖母。”未来面带微笑。

由未来这样的低收入女孩护理的话，特护那边的排队顺序应该会提前吧。幸好未来的账户余额最近也一直在“0”附近徘徊，贷款也还没还完。

随即未来再次来到特护“康健里”。

“麻烦您重新评估一次吧。护理人只有我一个，钱也都花光了……”未来穿了一件领子皱皱巴巴的衬衫和一条开了线的过膝裙，也没化妆，脸上的痘痘裸露着，素着颜就过来了。

特护的工作人员上次说过，情况有变化的话及时联络。网上也有人说，联络得频繁一些，尽量和特护的工作人员熟络起来，也是能使顺序提前的一个办法。

可是未来没这个时间。还贷数额正在以可怕的速度迅速膨胀。

未来讲述了自己的难处后，工作人员露出了同情的神色：“真是不容易呢。我会转告同事，在九月份的会议上重新评估一次。”

“拜托了！”

“谢谢您与我们联络。”

“那个……”未来小心翼翼地开口问道，“你们这里的工作人员，不会故意加重入住者的护理级别吧？”

“什么？”

“比如说，限制入住者的行为，故意让他们患上抑郁症，失去独立的思想之类的……我也是听到传言，说有的机构会这样做。”

“我们这里没有这样的事。”原本未来还有些担心对方会生气，没想到她回答得很是耐心。

“我自己的家人我都想送来这里的，只不过要遵守规则，目前还不行……听到入住者向我们表达感谢时，我们是最开心的。”未来感到对方回答得十分真挚。或许昨天那位版主有些夸大其词了。怀疑一切不是聪明的做法，未来决定暂且先相信自己刚刚听到的话。

离开特护，未来出发去往下一个目的地。

未来把明子告诉她的地址输入手机导航里，跟着导航来到一座三层建筑前，看到一块立着的牌子，上面写着“区议会议员饭山英隆事务所”。挂在墙上的海报，是一位体态优雅、面带笑容的男士。未来认得他，选举期间，他在选举车上连呼口号的样子，未来见过很多次。

未来仍然记得他的声音：“拜托大家了，我是饭山英隆。”

只是现在却是未来有求于他。选举获胜后，这些政治家早把当时的请愿和承诺忘得一干二净，就像人间蒸发了一样。那些喊过的口号也悉数变成了噪声。

未来走进事务所，向坐在前台的女子说明来意后，便坐在椅子上等着。昨天已经提前打过电话预约好了。

终于被带到接待室,饭山英隆正懒懒地坐在一组真皮沙发上。

“您好，我是山下明子介绍来的……”

“噢，若村小姐吧，请坐。”饭山马上向未来伸出手，是要握手的样子。似乎是被他的身份和威势震慑住了，未来不假思索地也伸出手。饭山的手心发硬，许是与人握手过多的缘故。

未来与饭山面对面地坐下来，立即切入正题。

“其实我是为我祖母的事情来的，她的护理级别是五级，向区内的特护‘康健里’交了申请，但是排队的人太多，我实在是没有办法一个人照顾她。”未来脸上做出极为为难的表情。

“真是不容易，这个问题确实让人头疼。政府不作为，完全不在意老百姓的死活！”饭山掷地有声地说道。

未来心说，那就由你来改变吧！嘴上却什么也没说，脸上继续无奈又为难地微笑着。

“我祖母的事情，能拜托您帮忙吗？”未来诚挚地问道。

“你说的是请愿吗？”

“是……是的。”

“但是我也不能只为某个特定的人服务啊。”饭山断然说道。

“没法子……拜托您了。”明子可不是这么说的。难道遇上了一个为人正直的议员？

未来正疑惑着，饭山却又开口了：“不过，我们倒是能接受个人捐款。”

“个人捐款？”

“是的，接受捐款后，我会为了所有区民的公共权益而努力的，这也是我们作为区议员的责任嘛。”饭山微笑地说道。

“是这样啊。”未来心想归根结底还是要钱。

不过这样正好。花了钱就能进特护了。至于这位区议员，他要拿着这笔钱去哪里花天酒地，就不关我的事了。总之我不想像《萤火虫之墓》里的那位哥哥一样，再独自逞强了。

“我明白了。相信您一定会为我们区里的工作尽力而为的。请您允许我捐款。”未来话音一落，饭山瞬间笑容满面，和海报上的那副笑容毫无二致。这张笑脸，饭山一定在镜子前面练习了无数次。

“太好了。人们印象里觉得议员都是有钱人，但是雇个出色的秘书也是要花掉一大笔人力费的，另外办的事情越多，花销也越大。”饭山抱着胳膊说道。

前台是一位性感美女,一看便知是因为长得漂亮而被选上的。政治家的看家本领，也许是一张厚厚的脸皮。

“我只是个区议员，要是国会议员的话，经费就多了。”饭山摊开两手，似乎十分遗憾地说道。

“拜托您了。”未来递过一个信封，对饭山鞠了个躬。信封里装着两百万日元。那是未来这一个月拼了命地挣来的。

按明子说的，两百万是走后门的一个平均数字。

“那我就收下了。一定会帮上大忙的。那谁，和‘康健里’约一下。”饭山转身对秘书说道。

“好的。”一个婀娜的声音传了过来。

“那就拜托您了。”未来深深地鞠了一躬。

“对了，你接下来有什么安排吗？”饭山问道，脸上露出一副世故的笑容。

“没有……没什么。”

“我想听一听区民们的想法。一起吃晚饭怎么样？”饭山继续问道。

“……好吧。”见未来点头了，饭山叫了一辆车，向塔楼酒店驶去。

来到顶层的西餐厅，饭山订的座位紧挨着窗户，正好能看到东京市政府大楼。

前菜是香煎鹅肝配煎茄子。这道菜未来从未见过。

饭山与店长似乎是熟人，和店长笑着聊了一阵子高尔夫，便转向未来这边："你想当演员对吧。有梦想是好事。"

"现在还只是个没什么名气的小角色而已。"未来自嘲似的笑了一声。最近表演课很少上，反而做隐秘兼职更多一些。

"我可以帮你。"

"什么？"未来有些惊讶。

饭山的视线落在未来胸前的沟壑之中："那方面我也有些熟人。"

"您说的是演艺圈？"

"对。"饭山得意地笑了。

果不其然。或许明子也利用了他的这一面。

服务生过来给两人倒了红酒。

饭山晃了晃红酒杯，小酌了一口，接着用理所应当的口吻说道："今晚我订了房间。"

"啊？"未来不解。

“你也不小了，应该明白吧？”

“这个……”未来明白了对方的意思。

这话是说，权色交易吗？

“有价值的最终还是我的身体，是吗？”未来看着饭山心里想道。

“想让你祖母进特护，对吧？”饭山率先打破了安静。

“但我已经给你捐款了……”

“我不可能拒绝你捐款。不过那只是单纯的捐款，不对吗？”饭山步步紧逼。

这个卑鄙的男人！如果不答应他，看来祖母的事他不会帮忙的。

未来转头望向窗外。祖母此时正独自一人孤独地活在这片天空下。未来觉得是自己让祖母陷入这种孤独中的。

“就让我来赎罪吧。”未来想着她向祖母做的承诺。

“好。”未来小声说道。

那块牛排未来吃得食不知味。饭毕，她随着饭山向房间走去。

只是，进房间后，饭山的手刚一伸过来，未来就起了一身鸡皮疙瘩。

“你没有自尊心吗？”未来脑中冒出阿透的话。

以后再也没办法和阿透说话、拥抱了。

眼泪又涌了出来。

虽然已经失去了阿透，可是被阿透喜欢过的自己，还是应当自重。这是对阿透最基本的尊重了。

“这种事，我还是不能做。”未来流着眼泪笑了。

“嗯？都这会儿了，说什么呢。”饭山面露凶相。

“有些东西我不卖。”未来坚定地说道。

“你说什么？”

“放手！”未来推开饭山，走出房间。

两百万日元变得一点意义都没有了。

然而未来的回忆中最珍贵的就是阿透。来东京追梦的暗淡日子里，只有和阿透在一起的时间，是闪闪发光的。

16

CHAPTER

“去 死 吧！ 老 太 婆！”

特护打来电话时是九月中旬，说是要来未来的住处面访，做入院评估。

为此未来特意从“绿色花园”把妙子接了回来。

从护理专用的出租车上下来，未来背起妙子迈上楼梯。这里没有无障碍设备。未来从网上看到，若是病人住在一个不具备护理条件的住处，进特护会更容易一些。

未来扶妙子在床上躺下，等待特护的工作人员到来。离约定的时间大约还有三十分钟。

“欢迎回家。这里是奶奶的新家。”未来对着妙子微笑。

“好，笑一笑！”未来把手机调成自拍模式，准备拍张合影。但是妙子没笑，眼神直直的。恐怕这会儿又失语了。

“好吧，好吧。我一个人笑两个人的。来了，茄子！”

似乎拍得很不错呢，未来打开手机相册，想看一眼照片，却发现相册里全部都是和阿透在一起的照片。上下左右无论向哪个方向滑动，出现的都是阿透的笑脸或是他专注于电影的样子。

“再见，阿透。”未来一张一张地删去那些照片。自己已经永远地失去了和阿透在一起的资格，只能远远看着他，祝福他。

照片每消失一张，未来的心也随之一点一点清空了，只剩眼泪静静地淌了一脸。

妙子微微睁着眼睛，盯着眼前的未来一直看。

“奶奶，我高中的时候，在省里的话剧巡回赛上得了亚军呢。”未来拿起奖杯，上面有一行字“全国高中话剧巡回赛省际亚军”。未来像握着话筒一样，把奖杯递给妙子。

“给，王子，握好了噢！水晶鞋很容易碎的。”未来表演得轻佻，可是妙子仍旧只是默默看着。

“您不帮我纠正台词了吗，奶奶？”未来握着奖杯，慢慢地向妙子靠近。

“奶奶，对不起了。打瘫痪了的这边，应该不会疼吧。”未来举起沉重的奖杯。妙子的头动了动，眼睛看着未来。

“奶奶如果遭到家暴的话，马上就能进特护了。”然而未来看着妙子的眼睛，手里的奖杯怎么也砸不下去。这可是从小到大一直疼爱着自己的奶奶呀。

可是要去特护，不得不这样做。未来身无分文，连“绿色花园”也住不下去了。

手里的奖杯在颤抖。

打一下吧。必须打一下。

不这样做，奶奶无处安身。

妙子也看着未来，眼神平静温和。

“还是下不去手……”未来崩溃大哭。

“奶奶，这里已经没有我们的容身之处了。不如我们两人一同赴死吧。”未来哭得更加厉害了，绝望使她忘记了周遭的一切，也不知道过了多久。

突然，耳边传来“咚咚”的声响。

“咦？”未来抬头一看，只见妙子用右手握着奖杯，正砸在自己身上。头上已经在流血了。

“快停下奶奶！”

妙子默默地继续着手里的动作。

“这样会死的！”未来急忙把奖杯夺了过来。妙子瘫痪的左手上已经泛起一片乌青，头上血流不止。

“奶奶！不要这样！”未来哭喊道。

“未……未……来……”妙子的声音很虚弱。

“奶奶，您这是干什么呀……”

“很难受吧……”妙子说道。

“什么？”

“这种事……你心里更难受吧。”妙子断断续续说道。

“奶奶……”

“以后不用再为我受苦了……未来……你努力过了……”妙子的脸上绽出笑容。

“奶奶！”未来大声喊道。

妙子没有呼吸了。

“快住手！”身后响起一个声音。未来转身，看到特护的职员站在门口。未来背着妙子进门后，忘记把门锁上。

未来盯着自己手里沾满了血的奖杯。

现在该怎么做？

未来直直地看着妙子。

“去死吧……”未来喉咙里发出一声刺耳的喊叫，那声音仿佛不是她自己的。

“去死吧！老太婆！”

未来高高举起奖杯时，特护职员迅速跑过来制止了她。

“快住手，若村小姐！你平静一下！”

“都怪你！要是没你的话，我怎么会变成这样！”未来发起疯来。这是一个因为护理祖母而陷入贫穷、疲惫不堪、精神错乱、十分危险的家暴女。

也许这是自己最后一次的表演了。

未来筋疲力尽地坐在地板上，奖杯从手里滑落。

特护职员正在叫救护车。

“快！快来救我奶奶！”未来心里默默哭诉道。

终于，警笛声越来越近了。

该落幕了。

17

CHAPTER

“怎么想都觉得不对。”

“刚才在等候室碰到你爸妈了。”东京拘留所的会见室里，明子嘴里嚼着口香糖说道。

不知道这里让不让嚼口香糖。不过警官没有制止，也许没关系吧。

“是吗，怎么样？”未来问道。

“我说我是未来的朋友，他们说，就是因为交了你这种朋友，未来才变成了现在这样。你爸妈很过分啊。”

“抱歉啦……”未来耸耸肩。

“我可是你‘改过自新所必须结交的朋友’，才能进来见你的。他们也不谢谢我。这就是有毒父母吧。”

“是我命不好。”未来低头说道。

“从出生的那一刻起就被判了刑，是这样说吗？”

“你在背《毒蝎女囚》的台词吗？”未来调侃道。

“看来你状态挺好的嘛。”明子笑道。

未来会心地笑了。

“你祖母已经送进特护了。饭山很得意地跟我说的。”明子说道。

“表功倒是挺积极的。”

“嗯。我告诉他你用录音笔把那天在酒店的对话全部录下来了，他一下子就慌了，开始到处活动。再怎么浑蛋的人，手里的权力还是管用的。”明子神秘兮兮地说道。

未来不禁笑了：“我还在想怎么这么顺利就进了特护，原来是这样。谢谢你明子。饭山觉得你是个坏女人吧。”

“当然。以后我还得用这个把柄好好敲打他。”明子开心地笑了起来。

祖母终于能够进入特护了，未来心想或许真该感谢那位区议员。

“奶奶能救过来我很开心。现在她进了特护，就可以一直在那里生活了。”未来从心里觉得松了一口气。

“可是……”明子停了一下，又说，“为什么把你抓起来了？”

“嗯。是因为……”未来话还没说完……

“怎么想都觉得不对。”明子忽然流下了眼泪。

“傻瓜，你怎么还哭了。”未来柔声问道。

“为了你祖母你都快卖身了，现在怎么反倒被抓到监狱里来了。真正有错的那些家伙却一点事都没有！”明子控制不住情绪地说道。

未来觉得自己开始喜欢明子了。现如今还有几个人会为别人急哭呢？也许以前自己的看法真的是流于表面了。也是祖母让她意识到了这一点。

“不过，明子，我用了卑鄙的手段跳过了特护那些排队的人，受罚也是理所应当的。”

护理病人的家属，有哪一个不辛苦呢？藐视规则的责任，应当由自己承担。

“才不是。你已经被逼到极限了，你祖母有充分的理由进特护。可是你却甘心去顶罪，你傻不傻？”明子问道。

“傻一点也好，好在祖母进了特护，对我来说这是最重要的。”

未来觉得此刻正像是观赏完了今夏最后一场烟花，这种松弛感包裹着、簇拥着她，仿佛快要让她陷入梦境里了。

尾声

EPILOGUE

“下面宣告判决。被告人，最后还有什么要陈述的吗？”

并排站立的三名法官中，位于正中戴着眼镜较为年长的审判长问道。那是一副和善的、令人信赖的面容。

“我没有什么要……”

未来话音未落，法庭中响起另一个声音：“我有话要说！事情不是这样的！”

未来转头望向旁听席。那是未来曾以为永远也不会再见到的一个人。

“啊？怎么会……”

从旁听席后面站起来的，正是阿透。

阿透怎么会在这里？为什么左眼周围有一圈乌青？

“心爱的人在最难过无助时，我却没有陪在她身边。照片的事情，我非常生气，却没想到是因为她祖母。但是未来，她做了她能做到的一切。”阿透继续说道。

明子脸上挂着微笑，平静地坐在阿透旁边。

是明子把这一切告诉阿透的吗？

“别说了阿透，快停下！别再说下去了！”未来连忙制止道。

无论何种缘由，对阿透造成的伤害已经无可弥补了，自己也已经永远地失去了和阿透交往的资格。能再看一眼阿透就好，别无他求。

“未来，对不起！啊……”警员抓住了阿透的胳膊。因为扰乱审判，阿透被强制带离了法庭。

旁听席出现了一阵骚动。

“那个，我们可以继续了吗？”审判长的语气带着些幽默，法庭里响起了笑声，很快又安静下来。

“下面宣告判决。判处被告人有期徒刑两年。”未来鞠了一躬。心想也许在监狱里学一学护理也是好的。

审判长继续宣读道：“但是，被告人系初犯，且穷尽一己之力承担起了艰难的护理工作，本庭酌情考量上述情况，决定判处三年缓刑。”

“耶！”后面传来明子的声音。

缓刑？未来转过头。

审判长继续说道：“本庭认可你对你祖母的付出。你一个人去老健和养老院申请入院，排队等待特护，想尽办法帮助祖母，期间所承受的压力可想而知。那到底是哪里错了呢？所有罪责都由被告人一人承担，是何等残酷。本案中应该接受审判的何止被告人，更应是我们的护理行政制度。此类事件频发，我们认为相关行政部门也应当反思。此外，我们相信被告人会反省自己的行为，在社会生活中改过自新。”

未来深深地鞠了一躬。

缓刑，那意味着不必进监狱了。

审判长对着未来微笑道：“公审就此结束。快点去见你祖母吧。出租车乘车点就在法院大门旁边。在拘留所里待了这么长时间，一会儿出去应该能看到外面美丽的红叶了。”

重获自由的未来，坐上出租车向“康健里”驶去。未来旁边的位置上坐着阿透，明子坐在副驾驶座位上。

“这该不会是明子打的吧？”未来看着阿透左眼上的乌青，轻声问道。

“未来的朋友很暴力呀。一下子就被打成这样了。”阿透逗趣道。

“闭嘴吧你。我就是帮未来教育一下你这个什么也不懂的男朋友。你都没有问清楚缘由就要分手。这个傻傻的一本正经的女人，怎么可能和别人上床。”明子不留情地说道。

“不怪阿透。那样的照片，谁看了都会难受的。你伤得厉害吗，阿透？”未来为阿透解围。

“已经不疼了。明子不愧是在灰姑娘里演过反派的，一点不手软呀。”阿透继续调侃道。

“都拍完了，也没几个欺负人的镜头，我还觉得不过瘾呢。”明子说道。

“有台词已经很不错啦。”未来羡慕道。

“那你呢，接下来有什么打算？事务所那边回不去了吧……”明子小心翼翼地问道。

“有那种在养老院巡回演出的剧团，我想去那里试试。原本还计划在监狱里磨炼磨炼演技的。”

“哦，看来你还是很喜欢演戏啊！”明子有点兴奋地说道。

“嗯。去那儿的话奶奶也能看到我。”未来微笑着说道。

“也可以演电影。”阿透说道。

“可是……”未来刚想说什么，阿透像是猜到了一样。

“我老师说过只要有相机和演员，不管处于什么样的环境，都可以拍出电影，我就现学现卖啦。”

“谢谢你，阿透……对不起。”未来抱住阿透。

“我才应该说对不起。”阿透用他温暖的手掌轻轻拍拍未来的后背。

“喂，别这么卿卿我我的。车里可真闷热呀，司机师傅，麻烦您打开空调吧。”明子在前排喊道。

“别别，我还穿着夏天的衣服呢。”未来慌忙说道。

“今日恭迎大嫂回家！”明子愉快地说道。

“我又不是黑社会老大的夫人！”未来打趣道。

说话的工夫，出租车已经停在特护“康健里”的门口。

妙子住在四层的一个六人间里。头上的伤口恢复了许多，手臂上的绷带似乎也已经拆掉了。未来放下心来。

在明子和阿透的催促下，未来深深地吸了一口气，走了过去。

“奶奶，我来了，我是未来！”

妙子没有回应，不过她慢慢地转头望向未来。

“奶奶，我不再是一个人了。您看，我有朋友，也有男朋友。这都是因为您小时候把我养育得那么好。所以，不要再担心我啦。”

“欸，等等，可别随便把我当朋友啊。”明子提出异议。

“你害羞了吧。”未来笑道。

“我呢，可不想只当个男朋友。”阿透突然说道。

“那我就该害羞了……”未来脸上微微泛红，转头看向妙子。

妙子的眼睛里映着未来的脸。她可能听明白了，也可能没有。

未来轻轻握住妙子的手。那只手掌很温暖。

未来想起小时候，自己孤身一人时，只有祖母会紧紧地抱住自己，用温暖的怀抱接纳自己。

所以，让我来牵着您的手吧。即使您什么都不记得了，这手掌里的温度，也会永远地温暖着我。

书评：微笑着迎来那个“好转的开端”

河村道子

细想起来，直到昭和时代，大家对红白歌会中所唱的歌还是十分熟悉的，似乎这也是一件理所当然的事。比如，孙女喜欢的歌手唱的歌，或喜欢看的动画片里的片尾曲，祖母自然而然地就能跟着哼唱起来。大家看到的、听到的都是同样的东西，感受到的是相同的温度。然而，随着娱乐产业的发展，社会变得更加丰富，也更加复杂，歌曲、电视剧、小说也逐渐细分化，如今人们都在不同的领域内，享受着各自的爱好。

而在这样一个时代里，土桥先生依然坚持自我。他说：“我想写的是男女老少每一个人都喜欢的故事，每个人看了都会感叹道："好有趣。"

2011 年，土桥先生创作的《超高速！参勤交代》获得了有着剧本界"芥川奖"之称的城户奖，其小说化作品成了当年的畅销书，以此为契机进行改编并由佐佐木藏之介主演的电影作品也获得了极高的人气。2016 年上映的续集《超高速！参勤交代归来》，也与原作小说一同获得了广泛的好评。同时，土桥先生的另一部作品《武士马拉松》也将改编为电影。在时代剧[1]这一观众群体原本有限的领域中，土桥章宏作品的观众、读者，所有的男女老少，都被席卷入一个"有趣"的浪潮之中。在如今这样一个某种"爱好"等同于孤独的时代里，浅显易懂、充满笑点、节奏紧凑的新型时代剧，令观众在观赏时获得了一种普遍性的乐趣。

作为一个新型时代剧的代言人，稳步前行中的土桥先生发表了《生活万岁》这部作品。该作品聚焦于护理问题，用他自己的话说，"是无论如何都想写的一部作品"。因此舞台改在了"当下"。这是土桥先生获得"城户奖"之后发表的首部现代小说，因此获

[1] 时代剧，是日本人对古装历史剧的称呼，除了本国的剧集之外也包括国外的剧集，一般来说时间跨度在古代日本到明治时代之间。

得了极大的关注。

三年前，该作品以单行本的形式首次发行时，我恰好有了一个采访作者的机会，就是那时第一次见到了土桥先生。土桥先生身材高大、举止优雅、笑容温和，这些是他留给我的第一印象。我向他提出了我心中最大的疑问："为什么选择了护理问题作为小说的主题呢？"备受人们喜爱的时代剧作家是这样回答的："其实是因为半年前妻子的祖母开始需要护理了。"

突然间从天而降的护理问题，将自己的日常生活完全打乱，使自己陷入了一种突如其来的焦虑感和疲惫感之中。对于养老院，人们通常只有一个大体的认知。实际上其分类众多、繁杂，并按照不同的护理与辅助级别划分为不同的援助服务，好不容易办好入院申请时又需要面对令人望之却步的排队人数。这一系列的问题中最令人头疼的，是护理制度的复杂多变，使得人们很难了解病人到底能够获得怎样的帮助，又要去哪里能够咨询相关的问题。

"如果对护理制度一无所知，那么就无法获得本该获得的帮助，这是一个极其现实的情况。在我的印象中，无法获取信息，或者不擅长获取信息的人，境况会变得更加艰难。"这就是他一定要将护理问题作为小说主题的缘由。他希望通过自己的能力，为那些如今正身处困境中以及未来有可能因此类问题而困扰不安的众多读者，献上一部浅显易懂、老少皆宜的作品。土桥先生对本书的定位，是一部“可以在赏读的同时学习护理制度的小说”。不过这本书并不仅仅局限于实用性，它具有强烈的、纯粹的故事性,过山车般跌宕起伏的情节令人着迷。书中各处奔走的女主角，是现年二十一岁、向福利调查员反问“我自己还这么小，去护理病人，有些不合理吧”，且曾经是非主流辣妹的若村未来。作为一个初出茅庐的女演员,她演的角色多是群演和死尸。脱离父母、从福冈来到东京的她，动作、语气都还残留着小辣妹的风格，是个精力充沛的女孩子。虽然初次试镜失败了，但有一个做摄影助理工作的、性格温柔的男朋友，此外她在事务所上表演课的同时还在便利店打工，正朝着梦想的方向努力奔跑着。然而，自小学毕业后将近十年未见的祖母妙子来到未来的住处后，她的生活发生了前所未有的变化。按照父母所言，祖母家境富裕，却对未来父母濒临绝境的工厂不闻不问，一个冷酷无情的祖母形象留在了未来心里。并不愉快的会面结束后，祖母离去时突然倒地不起，就此陷入了需要护理的状态。

自那一刻起，生存游戏便开始了。“还不如直接死掉好了”，甩下这句话的未来父母完全指望不上，祖母能依靠的只有未来。救护车送祖母去的那家医院，在手术后不断催促他们转去护理机构，未来一筹莫展，不知如何是好。此时出现在她眼前的，是一位福利调查员。未来要上表演课，要试镜，要去打工赚生活费，要有多一点的时间和男朋友相处。在她说出“绝对没办法护理祖母”之后，那位调查员正色道:“那妙子女士的事不准备管了吗？”

土桥先生故事里的主角们有一个共同点，那就是他们人性最深处的坚韧。无论面临怎样的难处，都不会轻易地放弃和认输。这就是每个故事里强大的原动力。我们发现，即使这一故事讲述的是护理这样一个沉重的主题，看故事的过程却能让人觉得像晴天晒衣服一样的轻松、清爽，其原因在于女主人公未来在几次面临挫折时跌倒又爬起来的韧劲，以及左半身瘫痪、出现了痴呆征兆也绝不悲伤哭泣的祖母妙子的自尊心。此外，两人你来我往的毒舌斗嘴，读起来也令人感觉畅快淋漓。随着病程的进展，祖母时时发作，但在看出未来的心虚时她以原向岛艺伎的身份直言不讳地指出未来的弱点，对孙女的演艺事业的态度及言辞也是铿锵有力。

如此张弛有度的对话节奏，来源于土桥先生不拘一格的写作手法。同一个故事,他会同时进行剧本与小说的创作。在剧本中,推动故事情节向前发展的正是对话。这些对话形成了设置巧妙、情绪饱满的对话脚本,在创作小说时直接将这些对话加入其中,融入了影视作品的技法,使小说的对话更具可读性。此外,在小说的创作中结合剧本创作中的影像化意识,令读者产生扑面而来的真实感,也将读者带入到主人公的视角。

特护、护理级别认定五级、后期高龄人员医疗制度、老健、疗养医院……这些接连登场的护理相关词汇,没有类似经历的读者必定不知其为何物。而当读者进入未来的视角之后,便自然而然地进入了角色,大脑开始快速运转,“这是什么意思?”“去哪里咨询好呢?”“等待入院期间到底该怎么办?”“这笔费用该怎样筹措?”,等等。读者沉浸在护理的世界里挣扎求生,有时会忽然间意识到,这些问题已经自然而然地刻在自己脑中了。语言来源于现实却不拘泥于现实,不时地令人会心一笑,土桥先生的语言掌控力着实令人惊叹。而这也正是“土桥魔法”之所在。在书中,作者以这些词汇为切入点,将读者引领至更深一层的现实当中去,启发读者萌生问题意识,促使读者去思考护理病人的家属所要面对的问题、养老机构及其工作人员的状况、国家政策及实施形态，甚至由于医疗进步而导致寿命被动延长的问题，等等。

小说令读者直面现实的残酷。故事里不论主人公如何坚强，生活里的苦难也一样不会减少。然而小说同时也告诉我们，要正面迎接生活中的苦难，要把痛苦抒发出来，可以短暂地将肩头的重担卸下。这一点，正是土桥作品中能够令读者感到安心的一种善意。

此外，小说里对“家庭关系”也进行了探讨，有直面问题时产生的深深羁绊，也有相互对立导致的水火不容。未来很不幸地有着一对“有毒父母”，对于她来说，作何选择，也关系到自己的生存。而未来与祖母之间的关系则堪称完美。创作这部小说时，土桥先生的第一个孩子刚刚出生。在养育孩子的过程中，他逐渐意识到孩子的祖母、外祖母对孩子有着一种近乎天生的、无条件的爱。“正因为有了这种爱，孩子的人生才会变得更加的丰富”。土桥先生对此感同身受，才写出了未来与祖母之间充满了爱的互动，其中流淌着血浓于水的温情。

人类是群体动物，这也是这部作品希望向读者传达的一点。当一个人陷入走投无路的绝境时，一定会有人伸出援助之手。如果没有，那么就去主动寻求；如果寻求无果，那就自我救赎。如此，事态必定会发生转变。实际上，这一点也是土桥先生在参与护理的过程中的切身感受，也是他此次创作的原动力，即“想写一部作品，读者能够一边笑着一边赏读，并且能够从中看到好转的开端”。

“文娱作品的优点在于能够浅显易懂地传达出作品的主题。希望这部小说的各位读者能将自己的感想、意见传达给社会大众，借此推动护理制度更趋完善。”土桥先生的真挚愿望像一粒种子，蕴含在这部作品之中。此刻这粒种子必定已经在很多地方生根发芽了。而此次文库版的推出，一定能够使这粒种子像蒲公英的绒毛一般，飞向更远的地方，飞到更多人的身边，在我们生活着的这个社会里落地生根、萌芽生长，令日渐严峻的护理问题从某一刻起出现转机，迎来新的变化。